KB150584

'알바'의 복수

악녀공작소 지음

도서출판 경성문화

"알바의 복수"

초판 인쇄 / 2018년 11월 12일
초판 발행 / 2018년 11월 13일

지 은 이 / 악녀공작소
펴 낸 이 / 민관홍
펴 낸 곳 / 도서출판 경성문화
등록번호 / 제2018-000061호
등 록 일 / 2018년 3월6일
주　　소 / 서울 특별시 마포구 독막로32안길 29(신수동)1
대표전화 / 02)713- 3284

* 이 책에 대한 무단 전제 및 복사를 금합니다.

책머리에

알바 500만 시대. 학생에서부터 노년에 이르기까지 알바의 세상이다.
그러나 알바들의 생활은 여전히 고달프다. 최저임금 파동과 미투의 악령이 알
바세계를 더 힘들게 한다. 혼란스러운 시대를 정리할 진짜 알바의 응원군이 생
겼다.
젊은 세대의 고뇌와 함께 타락한 기성시대의 문란한 남녀 생활의 성적 윤리관
을 비판한 시원한 스토리가 펼쳐진다.
오랜 언론생활과 작가생활에서 울어 나오는 완숙한 스토리는 독자를 즐겁고
통쾌하게 할 것이다.

악녀공작소 지음

차 례

알바' 의 복수

도서출판 경성문화

1. 못된 사용주를 혼내자

못된 사용주를 혼내자! 전국의 알바 학생, 청년, 노년 여러분. 알바로 얼마나 고생이 많으십니까.

강남의 못된 학생 엄마, 갑 질하는 생산 공장 사장, 슈퍼에서 갑 질하는 슈퍼 사장들의 성희롱, 성추행에 한 시간이 괴로운 여성 알바 여러분, 이들 사용주 밑에서 얼마나 수모를 당하십니까?

재택근무라는 미명아래 밤잠 못자고 눈이 침침하도록 혹사당하는 IT 알바 여러분. 인턴이라는 허망한 간판 내세워 피를 말리는 대기업, 공공기관 알바 여러분.

우리 알바들은 참고만 지낼 수 없습니다. 이제 복수하러 나설 때 입니다. 경험담을 허심탄회하게 털어놓고 복수하고 싶은 알바 여러분은 이 카페를 찾아 오십시오. 복수하는 기술을 연마합시다. 통쾌하게 못된 사용주들을 혼내줍시다.

모여라, 〈알바의 복수〉를 위한 '을들의 반격' 카페로.

"어때 문안이 괜찮아?"

김백수가 인류학과 14학번 동기 여학생 한영빈에게 카톡으로 문자를 보내놓고 의견을 묻는다.

"괜찮은데. 카페 이름은 좀 어려워. 그냥 '알복' 으로 하지. 회원가입 조건과 카페 포탈 이름이 있으면 더 좋겠는데. ‥"

"콜. 네가 1번 회원이 될 것이지?"

"난 알바 경험이 몇 달 안 되어서 별로 복수할 것은 없지만 가입할게."

"학교 게시판에도 올릴까?"

"콜. ‥"

이렇게 해서 억울한 알바생의 복수를 위한 카페 '알복' 이 탄생한다.

알복 카페 회원 1번인 한영빈은 '알복' 경험담 방에 다음과 같은 경험담을 올리고 복수 방법을 구한다.

- 나는 S대 1학년.

ID 착한팜므.

대학 입학하고 등교하기 전 40일간 우유 가공해서 과자를 만드는 조그만 공장에서 알바를 한 일이 있다. 하루 8시간 근무. 일주일 중 아무 날이나 2일 휴무. 점심제공. 하루 5만원이었다.

인터넷 구인 방을 통해 알게 되었는데 일주일 중 이틀을 마음대로 쉬어도 좋다고 해서 응모를 했다.

사장은 이름이 조무식이라 면접을 하기 전에는 웃음이 나왔는데 인상이 나쁘지는 않았다. 수염을 엉성하게 기르고 입이 큰 선량한 타입의 30대다.

자수성가.

성실하게 일해서 대기업의 신용을 얻어 우유로 과자를 만들어 납품하는 공장을 경영한다.

"음, 얼굴이 마음에 든다. 메일로 보낸 이력서에 S라고 이니셜만 적혀 있던데 어느 대학인가?"

"S는 여럿 있지요. 아무 데나 사장님 마음에 드는 대로 생각하세요."

"ㅋㅋㅋ. 알바니까 익명성을 지켜 달라 이거지. 서울대, 서강대, 성균관대, 서울교대, 서울시립대, 숙명여대 하긴 많다. 나는 서울대로 생각할게."

"노코멘트입니다."

"알바도 스펙이 필요하다는 것 알지? 영빈씨는 여기가 첫 알바니까 앞으로 우리 회사 경험이 스펙으로 쓰이도록 열심히 쓰세요. 합격. 내일부터 나오세요."

그렇게 해서 출근을 하게 되었다. 나는 월요일과 금요일이 놀고 싶었으나 토, 일이 연결 돼 있어서 그렇게는 안 되고, 화요일과 목요일 놀기로 했다. 내가 하는 일은 공장에서 나가는 물건의 종류와 개수를 체크해서 보고하는 것이었다. 물론 담당 정직원이 있고 나는 보조다. 가끔 상차도 도와야한다. 사장은 늘 웃는 얼굴로 나를 칭찬한다. 몸이 예쁘다. 열심히 해서 고맙다. 그런 말을 입에 달고 있었다.

그런데 첫 번째 나를 괴롭힌 것은 탈의실 문제였다. 여자 직원이 없어 별도로 여자 탈의실이 없어 물건 창고 귀퉁이에 비닐 옷장을 하나 가져다 놓고 탈의장으로 썼다.

나는 거기서 작업복을 갈아입었다. 생리가 있을 때는 위스퍼를 바꿔 찰 때도 있었다.

그런데 어느 날 공장에 붙어있는 허술한 사장실 옆방 접대실에 갔다. 손님은 대개 사장실에 만나기 때문에 별로 사용하지 않는 방이다. 소파가 세트 외에 한 쪽 벽에 조그만 의자 하난가 놓여 있다.

무심코 지나치다 그 의자에 한번 앉았다. 그런데 바로 눈높이 벽에 엉성한 틈이 있어서 들여다보았다.

앗!

그곳에서 보이는 곳은 내가 늘 옷을 갈아입는 탈의실이 아닌가. 누군가가 여기서 내가 옷 갈아입는 모습을 감상하고 있었다. 특히 위스퍼를 갈아 찰 때는 은밀한 고도 다 보았을 것이다. 나는 소름이 끼쳤다.그때야 생각이 났다.

"탈의실이 없으니 우선 임시로 작은 창고를 써. 안에서 잠글수도 있어."

조무식 사장이 그렇게 말하며 미소를 지었다. 그 미소가 지금 생각하면 야릇한 기대감에서 나오는 회심의 미소다. 그렇다고 당장 알바를 그만두기는 그렇다. 확증을 가진 것도 아니다.

그 뒤 나는 옷을 갈아입으며 그쪽 벽을 유심히 보았다.

누가 보는 것 같지 않다.

일부러 팬티를 벗는다.

벽 앞을 걸어 다녀본다.

벽의 틈을 찾아내 들여다본다.

아무것도 안 보인다.

나는 한참 서성대다 몸의 정면, 은밀 부분을 벽으로 향하고 한참 서있다.

그때다. 벽의 틈 사이로 그림자가 다가온다.

나는 손으로 벽 틈을 가리고 톡톡 노크를 했더니 그림자가 후다닥 날아난다.

나는 조무식 사장이 틀림없다고 생각하며 옷을 입는다.

그러나 내가 당한 수모는 그것으로 끝난 것이 아니다.

2. 착한 사장의 돌변

나(한영빈)는 사장이 자기 몸을 엿봤을 것이란 심증은 갔으나 확증을 잡지는
못한다.

그렇게 착하게 보이는, 순진하게 보이는 그 사장이 설마?

께름칙해서 알바를 그만 둘가 하는 생각도 했으나 며칠 지내는 사이 별 일이
없어 생각이 바뀐다.

그러나 3개월째 되던 무렵 어처구니없는 일이 생긴다.

회사는 사업이 잘 되어 야간작업까지 하게 된다.

나는 손이 모자라는 상차 작업까지 돕는다.

평상시도 그런 일이 있는데 그때는 알바 수당을 평시의 배로 쳐 준다.

짭짤한 돈 벌이다.

그날도 저녁 일이 끝나고 공장 옆에 있는 갈매기살 집에서 소주와 함께 저녁을
먹는다.

나는 혼자 공장으로 돌아와 창고 귀퉁이에서 옷을 갈아입고 나온다.

그 때 건물 앞에서 조무식 사장이 나머지 상품들을 정리한다.

평소 검소하고 사원들 보다 부지런한 사장인지라 드물게 보는 장면이 아니다.
영빈은 인사를 하고 그냥 지나가려다가 돌아선다.

"제가 해 놓을 테니 사장님은 들어가세요."

내가 일을 자청한다.

"어? 아직 안 갔어? 내가 할 테니 그냥 가. 늦었잖아."
"괜찮아요."

그래서 나도 함께 잔업을 해치운다.

"수고 했어요. 들어가서 커피나 한잔 하고 가지."

일이 끝나자 사장실로 들어간다.
나는 일회용 커피를 두 잔 타서 사장과 함께 소파에 앉는다.

"영빈이는 남친 있나?"

사장이 빙그레 웃으며 묻는다.

"아뇨."
"세상 총각들이 눈이 멀었어. 이렇게 예쁜데 못 보다니."

조 사장은 웃으며 말하지만 나는 아무리 봐도 사장의 눈길이 수상하다.

음흉하다고 할까, 탐욕스럽다고 할까?
내 가슴과 히프에서 눈을 떼지 못한다.

"저는 이제 가 보겠습니다."

내가 일어섰다.

"그래? 이크! 너무 늦었구나. 어떻게 갈 건데?"
"지하철 까지 버스로 가서 지하철 타고 갑니다. 아직 차 끊어지지는 않았을 거예요."
"그러지 말고 내 차 타고 가지. 집까지 데려다 줄게."
"괜찮아요. 지하철이 빨라요."
"아냐. 곧 차가 끊어질 거야. 고집 부리지 말고 내 차 타. 나도 어차피 집으로 가니까."

내가 시계를 본다.
정말 차가 곧 끊어질 시간이다.
아슬아슬하다.
나는 마지못해 사장이 운전하는 아우디의 옆 자리에 탄다.

"차가 좋아요. 쿠션이 소파 보다 기분 좋은데요."
정말 푹신해서 잠이올 것 같다.

저녁 먹으면서 마신 소주가 몸을 노곤하게 만든다.

"내가 집까지 데려다 주지."

차는 강변 북로로 들어선다.

"요즘 학생들은 데이트 할 때 무슨 차를 타나?"

조무식 사장이 나를 흘깃 돌라보며 묻는다.

"차 있는 남학생들도 많아요. 포르셰 같은 외제차 타는 은 숟가락도 있고요."
"한영빈,"
"예,"
"왜 알바를 하지? 돈이 필요해서야?"
"예."
"가슴 사이즈가 뭐야? B컵?"

느닷없는 질문이다.
알바와 가슴 사이즈가 무슨 상관이야.
별꼴이다.
내가 사장의 진의를 몰라 당황한다.
차가 갑자기 우회전하더니 강변 북로를 벗어난다.
한강 쪽으로 들어간다.
고수부지 쪽이다.

"시장님, 그 길이 아니예요."

내가 놀라 소리친다.

"알아, 우리 한강 가에 가서 좀 쉬다가 가자."
"이러시면 안 돼요."

차가 고수부지 주차장에 선다.
나는 사태를 짐작하고 밖으로 나가려고 문을 연다.
그러나 문은 꽉 잠겨 열리지 않는다.

"잠깐만 쉬다가 가. 석 달 치 알바 비 한꺼번에 줄게."
"싫어요. 나갈래요. 문 열어 주세요."
"쉽게 돈 버는 게 좋잖아."

조무식 사장이 나를 와락 껴안고 번개같이 입을 맞춘다.
술 냄새.
씁쓸하고 싫다.

"싫어!"
소리를 쳤으나 소용없다.

"네가 옷 갈아입을 때 봤어. 너무 아름다워. 참을 수 없을 만큼 너는 아름다워.
내가 네 소원 다 들어줄게. 가만있어. 잠깐이면 돼."

사장이 이번에는 스커트 밑으로 손을 집어넣는다.

"나쁜 넘!"

내가 조무식의 뺨을 후려쳤다.
그러나 조 사장의 팔에 막혀 제대로 맞지 않는다.
나는 다시 손을 휘둘러 닥치는 대로 때리고 발로 찬다.
마침내 자동차 도어가 열리고 나는 강가로 도망치기 시작한다.

이튿날.
나는 시침 뚝 따고 회사에 나간다.
평소 하던 대로 한다.
월급을 받아야하기 때문이다.
조무식 사장도 그날 밤 일을 모른 척 한다.
이제 이틀이면 끝난다.

조무식 사장.
이 넘을 어떻게 복수해야 할까요?
성추행으로 고소? 미투로 인터넷에 올려?
조무식 보다는 내가 더 망신당할 것 같다.
경찰서로, 검사실로, 재판정으로 사방 불려 다니면서

'입 맞추었나'.
'스커트 밑에 손 넣었어?'
'성기도 만졌나?'

이런 질문에 다 답변하면서 몇 달을 망신스럽게 돌아다녀야 한다.

절대 고소는 안한다.

'알복' 카페에 글이 올라가자 한 시간 만에 2백건 이상의 리플이 달렸다.
대개가 그런 넘은 성추행으로 고소하라는 것이었다.
그러나 색다른 제안도 있었다.
김백수는 리플을 보다가 무릎을 탁 쳤다.

3. 불륜의 편의점

조무식의 부인한테 문자를 보내자는 것이다.

조무식의 혼외 여자로 가장하고 조무식한테 가는 문자를 잘못해서 부인에게 간 것으로 하자는 것이다.

한 두 번이 아니고 계속해서 고의 실수를 한다.

나중에는 얼굴만 뺀 여자의 몸 사진도 보낸다.

그래서 부부 싸움을 일으키게 한다.

화해가 될 무렵이면 다시 문자와 육체 공세를 한다.

조무식이 아무리 변명해도 안 되고, 미치고 싶도록 한다.

그러나 조무식 부인 모바일 번호를 어떻게 알아내느냐?

다른 리플을 기다렸다.

김백수가 '알복' 사이트를 만들게 된 것은 사정이 있었다.

김백수는 부산 준재벌 가의 막내아들이다.

김백수의 아버지는 부산에서 출발하는 호화 크루즈 선박을 두 척이나 가지고 있고, 해운 관계 자회사를 여러 개 거느린 준 재벌급 회사의 회장이다.

그런데 김백수는 아버지가 부자지 자기는 백수건달이라고 여긴다.

그래서 대학 들어가기 전부터 서울유학 하숙비도 벌고 사회 경험도 쌓는다고 알바를 시작한다.

 몇 군데를 거쳐 야간 근무가 가능한 편의점 알바로 간다.

 40대 중반의 편의점 주인은 낮에만 근무하고 백수는 하루걸러 한 번씩 밤 근무를 한다.

 주인은 낮 근무를 하면서도 성실하게 물건을 팔지는 않고 모바일 게임이나 야동 보느라고 핸드폰을 붙들고 산다.

 아파트 입구라서 아줌마들이 많이 오는데, 아줌마만 보면 몸매를 훑어보며 침을 흘리느라고 정신이 없다.

 그러든 어느 몹시 추운 겨울밤이었다.

 밤 11시가 넘어 느닷없이 주인이 편의점에 나타났다.

"야, 백수야."

"예."

"이제 집에 들어가라. 오늘은 낼 새벽까지 내가 볼게."

평소에 없던 일이다.

무슨 일인지 영문을 모르겠다.

백수가 시계를 본다.

11시45분.

이 시간에는 전철이 끊어진다.

 집에 가자면 전철을 타고 반시간 이상 가서 다시 마을버스를 타고 가야 하숙집에 갈 수 있다.

"사장님, 전철이 끊어질 시간이라 집에 갈 수가 없네요. 제가 계속 있을 테니 사장님은 들어가시죠."

백수의 이 말은 나중에 안 일이지만 사장에게 전혀 도움이 되지 않는 말이다.

"아냐, 그냥 들어가."
"하숙집까지 걸어 갈 수도 없고."
"그럼 택시 타고가."
"제가 택시 탈 형편이 되나요? 그럼 사장님과 같이 있을게요."

백수의 말은 전혀 사장 사정을 모르는 이야기다.

그렇다고 사장이 택시비 줄 인심후한 사람도 아니다.

"그럼 밖에 나가서 한 시간만 좀 놀다가 와."

사장이 하도 밀어내는 바람에 백수는 편의점 밖으로 나왔다.
길에는 차들도 거의 끊기고 트럭들만 바람을 쌩쌩 일으키며 달렸다.
백수는 추워서 몸을 움츠리고 걸어 보았다.
영하 20도나 되는지 귀가 꽁꽁 얼고 손발이 시려 견디기 어려워진다.
길을 아무리 헤매 봐도 몸 좀 녹일 곳은 아무데도 없다.
20분도 안 돼 도저히 견딜 수 없게 된다.

'에이, 편의점으로 도로 가자.'

백수는 목을 움츠리고 편의점으로 다시 돌아갔다.
조금 더 있으면 얼어 죽을 것 같다.
편의점에 도착해 문을 잡아당긴다.

"어렵소."

문이 얼어붙었다.
힘을 주어 당겨도 열리지 않는다.
백수는 점포 옆으로 돌아가 조그만 창으로 안을 드려다 보았다,

"어? 저게 뭐야?"

빽빽하게 들어서 상품 진열장 사이로 여자의 벗은 다리 두 개가 보였다.
백수가 놀라 눈을 씻고 다시 정신을 모은다.
자세히 보니 여자 다리가 흔들흔들한다.
여자 위에 누가 있다.
그 자리는 슈퍼 안의 가장 구석진 자리로 높은 곳의 물건을 내리기 위해 조그
만 의자가 하나 항상 놓여 있는 곳이다.
흔들리던 여자 다리가 다시 움직인다.
이번에는 털이 숭숭 난 남자의 다리가 나오더니 규칙적으로 움직인다.
일어섰다 앉았다 하는 행동을 반복 한다.
여자나 남자나 다리만 보여 누군지 확실하지는 않지만 무슨 짓을 하는지 짐작
이 간다.

"자기 좋아?"

가느다랗게 여자의 말소리가 들린다.

"응, 당신 정말 기똥 찬데. 준철 아빠는 복 터졌어. 이런 여자를 밤마다 데리고 할 수 있을 것 아니야."

남자의 목소리다.
사장이다.
흥분해서 말소리가 떨리는 것 같다.

"알바 학생은 어디 갔어요?"

네 개의 다리가 계속 흔들리면서 여자가 말한다.

"어디 좀 보냈어. 한 시간쯤 있어야 올 거요."
"으으, 더 빨리 빨리."

갑자기 여자가 숨넘어가는 소리를 한다.
"가만가만, 천천히 하자고."

그러나 남자의 숨결도 점점 가빠진다.

"안되겠어. 뒤로 돌아서서 서."

여자가 일어서 의자를 짚고 돌아선다.
이제 백수의 눈에 여자와 남자의 몸과 얼굴이 보인다.

'엇? 저 아줌마가?'

백수가 깜짝 놀란다.

이 편의점의 단골손님인 45평 아파트 303호실 아줌마다.

남편이 정부 부처의 높은 자리에 있는 공무원이다.

어쩐지 요즘 편의점에 너무 자주 드나들더라니.

이제 사장이 여자의 뒤에 서서 자세를 취한다.

윗옷은 벗지도 않고 바지만 벗은 상태다.

구경도 좋지만 백수는 추워서 얼어 죽을 지경이다.

빨리 끝났으면 싶다.

4. 떨면서 보는 구경

백수는 추워서 턱이 덜덜 떨렸다.

더 버티기 힘들었다.

그런데 스토어 안의 남녀는 점점 열을 올리고 있다.

"아빠는 일주일에 몇 번이나 해요?"

남자가 씩씩거리며 일을 하다가 묻는다.

"젊을 때는 매일이었지요. 매일이 뭐야? 하루 두 번, 저녁, 출근 전, 이럴 때도 있었어요."

"그건 20대 때 이야기고 지금처럼 40대에도?"

"조 사장은 잘 모르나 보네요. 여자는 40대가 젤 물이 오를 때라는 것을."

"아빠는 주로 어떤 자세를 좋아해요?"

"내가 위에 가는 걸 좋아해요. 하지만 토끼라서 내가 열 올라 끓을 만하면 물 올 쏟아 꺼버려요."

"ㅋㅋㅋ. 꺼 버린다고?"

"아이 더 빨리 해요. 불 꺼지려고 해요."
"알았어요. 헉, 허억."

남자의 움직임이 빨라진다.
결사적이다.
백수는 이제 끝나려나 보다 하고 기대를 건다.
양손으로 꽁꽁 언 귀를 비빈다.
좀 견딜만하다.
그러나 안에서는 다시 남녀가 자세를 바꾼다.

"이런 졸라, 끈질기네. 도대체 언제 끝나려는 거야."

이제는 둘이 마주보고 선다.
조무식 사장이 여자의 한쪽 다리를 들어서 허리에 감고 앞에서 운동을 열심히
한다.

"흐으, 흐으. 이런 자세는 처음이네요. 이렇게 해도 연결이 되는구나."
"아빠하고 한번 시험해 보려고?"

백수는 추위도 추위지만 이제 아래 물건이 탱탱 불어서 아우성이다.
저렇게 다양한 섹스는 야동에서도 보지 못했다.

"언제 하는 게 젤 좋았어요?"

조 사장은 도대체 끝낼 생각을 않고 다시 문답을 시작한다.

"애들 학교 보내 놓고 집에 둘이 있을 때 거실에서 하는 게 제일 좋아요. 맘대로 소리 질러도 되거든요. 밤에는 밖에 들릴까봐 마음대로 소릴 못 지르니까 왕창 즐기지를 못해요."

"당신도 참 즐기는 여자네요."
"호호호. 요즘 여자 40대면 다 그래요. 우리친구들은 애인이 둘씩 있는 애도 있어요."
"소리는 언제 지르는 거야?"
"남편이 끝내기 직전에 제일 많이 질러요."
"끝내는 걸 어떻게 알아요?"
"그 짓 한 두 번 해봤나 뭐."
"뭐라고 소리 질러요?"
"ㅋㅋㅋ. 아이 그건 말 못해요."
"지금 내가 끝낼 테니 한번 해 봐요."
"싫어요. 더 해야 돼."

백수는 더 절망스럽다.
아직 안 끝낸다고?

"뒤로 돌아서요. 알바 올 때 되었어요."
이제 끝을 낼 모양이다.
백수는 조금만 더 참자고 다짐한다.

'내가 여기 알바 하러 더 나오면 개새끼다.'

백수는 이제 이가 닥닥 마주친다.

남자는 여자를 뒤로 돌려놓고 서서 최후의 공격을 한다.

"허억, 허억."

마지막 신음이 터지면서 길고 긴 마라톤은 끝이 난다.

여자는 얼른 돌아서서 조 사장을 껴안고 입을 물고 빤다.

아쉬움인지 쾌감을 더 연장시키려는 짓인지 알 수 없다.

"그럼 담에 봐요. 이거 하나."

여자가 초코파이 한 상자를 들고 나온다.

백수는 재빨리 건물 옆으로 숨는다.

여자는 과자 박스를 옆구리에 끼고 종종 걸음으로 아파트에 들어간다.

여자가 들어가는 것을 확인한 뒤 백수가 편의점 문을 잡아당긴다.

잠그지 않았다.

백수가 손을 비비며 들어간다.

조무식 사장은 시침을 뚝 따고 있지만 흥분이 채 가시지 않아 눈이 충혈 되어 벌겋다.

"아이고 추워!"

"어? 이제 왔어? 나는 졸려서 도저히 안 되겠다. 먼저 들어 갈 테니 낼 까지 잘 팔고 있어."

'그렇게 힘을 뺐으니 졸릴만 하지.'

백수는 알바를 그만 두기 전에 조무식의 불륜 행위를 징벌해야 한다고 다짐한다.

유부녀와 간통하는 것은 이제 간통법이 없으니까 벌 줄 수는 없다.

그러나 남편을 배신 한 것은 벌을 받아야 한다고 생각한다.

그뿐 아니라 모질게 추운 겨울 밤 알바를 맨손으로 길바닥에 쫓아 내 얼어 죽을 뻔한 체험을 하게 한 것은 벌 받아 마땅하다고 생각한다.

백수는 이튿날 아침 집으로 가면서 복수의 방법을 곰곰이 생각한다.

마땅한 방법이 생각나지 않는다.

김백수는 집에 들어와 잠시 눈을 붙이고는 간밤의 일을 '알복' 에 올린다.

글을 올리자마자 댓글이 와르르 쏟아진다.

제일 처음 올라 온 글이 골 때린다.

- 혹시 모바일로 불륜 장면 동 사진 찍지 않았나? 절호의 찬스인데...

정말 백수는 그런 생각은 전혀 하지 않았다.

너무 추워서인가?

- 매일 아침 그 여자 아파트 현관문에 아주 노골적인 포르노 사진을 걸어 놓자.

- 여자의 남편 앞으로 조무식의 사진을 매일 한 건씩 보내자. 사진 설명은 '아내한테 물어 봐' 라고 쓴다.

- 초코파이 한 상자 청구서를 조무식 사장이름으로 만들어 경비실 앞 게시판에 붙늬 놓는다. 이내가 머었다고 쓴다.

- 콘돔. 포르노 잡지, 닭갈비 뼈 등을 상자에 담아 아파트 303호 남편 앞으로 우편배달을 한다. 보낸 사람은 조무식. 배달 비용은 착불.

이외에도 수없이 많은 아이디어가 나온다.
백수가 킥킥거리며 웃고 있을 때 전화가 온다.

"김백수, 뭐하냐?"

한영빈이다.

"그냥 쉬고 있어."
"좀 만나자. 스킨십 하고 싶어."

5. 별난곳서

김백수는 청바지에 깃 없는 티, 위에는 후드가 달린 두꺼운 점퍼를 걸치고 세종 문화회관 뒤의 벤치가 있는 정원으로 간다.
바람이 쌩쌩 불어 춥다.
아직 한영빈은 나오지 않았다.
김백수는 5호선 세종문화회관역 지하로 내려간다.
지하 2층에 커피숍이 있다.
앞에 서서 한영빈 한테 전화를 건다.

"거기 말고 지하철 역 2층 커피숍이다."

약속 시간보다 15분 늦게 한영빈이 나타난다.
부츠에 헐렁한 겨울 점퍼 차림이다.
이상하게 얼굴이 낯설다.

"너, 얼굴이 좀 이상하다."
"응, 화장 좀 했어. 스킨십 하자면 네 마음이 동해야 할 것 아냐?"

"너야 항상 금사빠녀, 꼬시고 뭐고 할 것 있냐?"

"야, 나 그렇게 쉬운 여자 아니다."

"어쨌든, 뭐 마실 건데?"

김백수가 쏠 모양이다.

알바를 하면서 돈 백 원이 얼마나 큰 가치가 있나를 절실히 느꼈다.

"아이스크림, 바닐라로."

"추운데 웬 아이스크림?"

"달잖아."

김백수가 바닐라 아이스크림과 아메리카노 한 잔을 시킨다.

속으로 계산해본다.

아이스크림 4천 오백 원, 아메리카노 4천 원, 모두 8천 5백 원이다.

만 원 내면 1천 5백원 거슬러 받는다.

알바 시급 두 시간 분보다 조금 적다.

한영빈은 아이스크림을 혀로 가에서 부터 핥아 먹는다.

빨간 입에서 핑크빛 혀가 유연하고 길게 나와 아이스크림을 부드럽게 애무한다.

저 혀가 저기에 쓰일 것이 아니데.

김백수는 그 혀가 자기의 그것을 핥는 상상을 하며 빙긋 웃는다.

아메리카노가 달콤하다.

자기 그것이 무릎 사이를 벌려 놓으려고 기를 쓰는 것을 느낀다.

지하철에서 보는 여자의 피부는 항상 발그레하다.

눈을 자극하기엔 지하철 조명이 제일이다.

헐렁한 점퍼를 걸쳤지만 한영빈의 가슴은 여자임을 분명히 연출한다.
그런데 어디서 스킨십을 한다?

"내가 '알복'에 올린 것 좀 생각해 봤니?"
"ㅋㅋㅋ, 그 아줌마 너무 재미 보더라. 그거 읽다가 발동 걸렸어."
"무슨 발동?"
"야동 보면 남자만 발동 걸리는 줄 아냐? 야, 어쩌면 그렇게 실감나게 쓰냐? '알복'에도 19금 표시해야 되겠더라."
"복수 방법은 좀 생각했니?"
"아줌마, 아저씨 재미 보는데 좀 더 즐기게 돼야 하는 것 아닐까. ㅋㅋㅋ, 농담"
"어디로 갈까?"
"일어나, 내가 영화표 사 두었어."
"영화관?"
"거기서 무슨 스킨십이냐고?"
"우리가 뭐 80년대 연애 하니? 껌껌한 극장에서 스커트 헤집고, 바지 지퍼 풀고 손가락 서비스하고 그거냐?"
"따라 와 봐."

김백수는 영화관 가자는 바람에 기대했던 마음 고쳐먹고 조용히 따라 나선다. 한영빈은 지하도를 나와 시청을 건너고 을지로를 지나 롯데 백화점 옆으로 돌아 명동 입구까지 간다.

"여기 무슨 영화관이 있냐?"
"따라 와봐"

한영빈은 롯데 백화점을 돌아 안으로 들어간다.

'샤롯데.'

처음 와 보는 곳이다.
엘리베이터를 타고 올라간다.
김백수의 거시기는 벌써 축 처진다.
낯선 곳에 오면 그놈은 늘 기가 죽는다.
몇 층인가를 올라가더니 도저히 영화관 같지 않고 고급 카페 같은 입구를 지나
안으로 들어간다.

"고객님 어서 오세요."

예쁜 여자 둘이 카운터에서 반긴다.

'여기가 룸살롱은 아니고...'

한영빈이 핸드폰을 꺼내 켜더니 보여준다.

"아, 네 .이리 오세요."

아가씨가 두 사람을 안내해서 안으로 들어간다.
커다란 스크린에 광고가 한창 열을 올린다.

"야, 이런 극장도 있구나."

"처음 와 봤어?"

김백수는 창피해서 말을 하지 않는다.
넓고 커다란 소파가 지정석이다.
앞에 탁자도 있다.

"음료수는 무엇으로 할까요?"

아가씨가 주문을 받는다.

"나는 콜라."

김백수가 주문하며 속으로 생각한다.

'그렇게 비싸지는 않겠지.'

"전 아이스크림 주세요."

한영진이 주문한다.
또 아이스크림.
비쌀 것이라고 생각한다.

"아이스크림 얼마 받는데?"

"응? 그냥 주는 거야. 서비스."

그렇구나.

괜히 싼 걸 주문했네.

소파 등받이가 뒤로 제쳐진다.

다리를 쭉 펴고 누워도 옆 자리는 보이지 않는다.

오직 앞의 스크린만 보인다.

둘이서 무슨 짓을 해도 괜찮겠다.

아가씨가 음료수를 가져 오자 불이 꺼지고 영화가 시작 된다.

황정민 주연의 '남자가 사랑할 때'.

전에 본 영화다.

상관없다.

어차피 영화 보러 온 것 아니니까.

"집에서 인터넷으로 예약 한 거니?"

"응, 별로 안 비싸. 영화관의 3배정도."

"그럼 6인분을 둘이서 먹네."

한영빈이 내 입을 막아버린다.

혀를 내 입속으로 밀어 넣는다.

달콤하다.

영빈이 자꾸 아이스크림을 먹는 이유를 알겠다.

백수는 영빈을 잡아 눕혔다.

옆자리서는 전혀 보이지 않는다.

백수는 헐렁한 영빈의 점퍼 속으로 손을 집어넣는다.

몰랑한 유방의 촉감이 짜릿하게 전해진다.

왜 헐렁한 점퍼를 입었는지 이해가 된다.

손바닥으로 젖을 문질러 본다.

유두가 꼿꼿하게 일어서서 반긴다.

영빈이 김백수의 바지 버클을 벌써 풀었다.

작고 보드라운 손이 샅으로 들어온다.

.

"으으, 으으"

숨을 죽이고 가느다란 신음을 토한다.

6. 헤비 스킨십

영화관의 오디오가 워낙 시끄러우니까 김백수의 가느다란 신음 같은 소리는 옆 좌석에 들리지도 않는다.

한영빈이 손가락으로 김백수의 거시기를 쥐었다 놓았다 한다.

김백수는 짜릿한 기분이 아랫배를 거쳐 뇌에 까지 전달된다.

입이 바싹 마른다.

마른 침을 계속 삼킨다.

콜라를 마시며 한영빈의 애무를 즐긴다.

"조심해서 만져."

"터질까봐?"

한영빈이 김백수의 귀밑에 대고 키스를 하며 말한다.

"내 것도 만져 줘."

한영빈이 다시 속삭인다.

김백수는 한영빈의 가슴에 있던 손을 밑으로 가져간다.
팬티 옆으로 밀어 넣는다.
까칠한 헤어가 손끝에 닿는다.

"기분 째진당."

한영빈이 다시 귓속말을 한다.
김백수는 손을 더 밀어 넣는다.
촉촉한 것이 느껴진다.
벌써 흠뻑 젖었다.
한영빈이 몸을 뒤튼다.
숨을 가쁘게 내쉰다.
김백수의 거시기를 쥐고 있는 손에 힘이 들어간다.
자취방에서 바깥 소리에 신경 쓰며 하던 스킨십과는 전혀 다르다.

"더 안으로 들어가지 마."

한영빈이 다시 속삭인다.
김백수의 손가락이 한영빈의 경고를 무시한다.
촉촉하게 젖은 곳으로 더 밀고 들어간다.
한영빈의 히프가 들썩이기 시작한다.

"가만히 있어. 손이 자꾸 튀어 나오잖아."
김백수기 불평한다.

"더 진격하지 말라니까."

한영빈이 앙칼지게 말한다.
그러나 뒤틀리는 몸을 가만히 지탱하느라고 호흡이 더 거칠어진다.

"안되겠어. 옆으로 돌아 누어봐"

김백수가 한영빈의 팬티를 끌어내리며 말한다.

"어떻게 하려고?"
"하자."
"그건 안 돼. 스킨십만 하기로 했잖아."
"그런데 도저히 못 참겠어."
"그래도 안 돼."
"하자."
"미쳤어? 여긴 영화관이야."
"그래도 하자."

그들은 하숙집이나 자취방에서도 스킨십을 한 일은 있지만 성교를 한 일은 없다.
자기들이 만든 협정이다.
한영빈이 마침내 인내의 한계에 온다.
팬티 속으로 손을 넣어 침입자인 김백수의 손목을 움켜쥐고 팬티에서 확 뽑아버린다.

"얌전하게 영화 보면서 놀자."

"전에 본 영화야."

"난 안 봤어. 아니 누구하고 본거야?"

"저어…"

"진선주하고 보았지?"

"응."

"걔하고도 스킨십 해?"

"미쳤어? 아니야. 걔는 날 좋아하지 않아."

"그런데 함께 영화 보러 가?"

진선주란 한영진의 고등학교 과외 학생이었다.

김백수가 한영빈을 만나기 전에 알던 여자다.

김백수가 고등학교를 졸업하고 한 해 동안 진학을 않고 시인이 되겠다고 혼자 문학 공부를 하고 있을 때 알바로 영어 가정교사를 한다.

그때 고3인 진선주를 가르친다.

진선주는 할아버지가 유명한 H재벌그룹 회장이다.

영어가 약한 진선주는 강남 유명 학원의 날고 긴다는 영어 강사를 다 붙여 보았지만 별 효과가 없었다.

영어 과외 선생한테만 한 달에 1천만 원 씩 준 일도 있다.

김백수는 친구에게 그 집 이야기를 듣고 영어 과외 교사를 자청한다.

어머니가 테스트를 한다.

다른 과목도 잘하지만 특히 영어에 뛰어난 김백수다.

엘리엇의 시를 50수 정도는 줄줄 외는 실력이다.

시인이 되려고 중학교 대 부터 파고들었던 실력이다.

진선주는 토익 점수가 만점 가깝게 나온다.

덕택에 목표한 대학에 들어간다.

김백수는 그 집안 주선으로 H재벌 그룹 좋은 자리에 입사 할 것을 권유 받는다.

고졸로 갈 수 없는 자리를 특별 배려한 것이다.

그러나 김백수가 그렇게 취업 할 사람은 아니다.

김백수는 백수를 면하고 대학에 진학한다.

우연히 학교에서 다른 과에 있는 진선주와 만나게 된다.

가끔 식사도 같이한다.

진선주 어머니의 초청으로 고급 식당에서 식사 대접도 받는다.

H그룹의 장학금 제의를 받는다.

그러나 그런 명분 없는 장학금을 받을 김백수가 아니다.

김백수는 부산 집에서 보내는 학비 외에는 자기가 알바로 벌어서 산다.

진선주와 영화 봤다고 엉겁결에 말한 김백수의 실수로 뾰로통해진 한영빈이 김백수의 사타구니에서 손을 확 뽑아버린다.

"우리 그레코로만만 하자."

한영빈이 말한다.

그레코로만.

레슬링 경기다.

상체만 접촉하고 하체를 공격하면 반칙이다.

"알았어."

김백수는 아쉬움으로 불만에 가득 찬다.
그러나 한영빈의 유방에 키스를 하면서 참는다.
그들의 헤비 스킨십은 거기서 끝나고 영화관을 나온다.
소공동 좁은 길은 사람들로 넘쳐난다.
모두가 바쁘다.
그중에는 시급 5천원도 안 되는 알바들이 오늘도 열심히 뛴다.

"미안해."

시무룩해져 있는 김백수의 기분을 느낀 한영빈이 팔짱을 낀다.

"담에 한 번 더 가자."
"너무 비싸.
"우리 만두나 먹자."

두 사람은 만두집으로 들어간다.
다시 알바의 복수에 대해 열을 올린다.

7. 조교가 당한 성희롱 '미투'

스킨십 뒤의 만두 맛은 기가 막힌다.

'알복'에 1차로 올라온 한영빈의 과자공장 사장에 대한 복수 방법에 대해 여러 가지 의견 중 어느 것이 좋은지 논의한다.

현실성이 가장 높고 범죄성은 약한 방법을 택해야 한다.

"그 회사, 알바를 대량 채용하지 않나?"

김백수 말이다.

"많아야 5명 정도? 급한 일 있을 때 5명 정도 모집해. 알바 채용 사이트 보고 있으면 알 수 있어. 그런데?"

한영빈이 김백수를 쳐다본다.

"다섯 명이 알바로 갔다가 중요한 날 아침에 일제히 출근하지 않는 거야. 그럼 납품에 차질이 생기고, 신용을 잃게 되어 사장은 큰 타격을 받을 걸."

"에이 그건 너무 많은 알바가 동원돼야 하니까 노력에 비해 효과가 적지 않을까?"

"가성비의 문제"

한영빈은 김백수가 만두를 먹는데 정신이 팔린 동안 스마트 폰으로 뭔가를 열심히 보고 있다.

"만두 다 식어. 뭘 그렇게 보는 거야? 야동?"

"그게 아니고, '알복' 에 새 글이 올라왔어. 나쁜 교수 이야기야."

"어디 봐."

김백수가 핸드폰을 건너 받는다.

-나는 X 대학 13 학번 여자.

 F 교수 조교.

우리 교수는 저질, 악질, 나쁜 넘, 말코, 말미잘, 해파리다.

무슨 교재를 남의 논문 베껴서 만드는지 모르겠다.

그것도 미얀마, 탄자니아, 에티오피아 등 우리와 멀리 있는 교수들의 논문을 베낀다.

논문을 베끼는 일은 주로 내가 대필 하는데, F는 영어 실력이 나보다도 못하다.

나는 토익 만점 두 번.

나는 교수 맞은편 간이 컴 테이블에 앉아서 노트북으로 일한다.

내가 열심히 논문을 베끼느라 컴에 정신이 솔려 있을 때, 아랫도리가 섬   한 것 같은 느낌이 있어 고개를 들어보니 F가 내 테이블 밑을 들여다보느라 정신이 없다.

내가 일에 열중 하는 사이 다리를 쩍 벌리고 있다.

F는 그걸 보느라 정신이 없다.

나는 그날 이상한 일로 팬티를 입고 있지 않았다.

화장실에 가서 팬티를 입으려고 핸드백에 넣고 있었는데 일이 바빠 미처 입지 못한 상태다.

이런 빌러먹을. 말미잘, 홍어 대가리.

내 헤어나 바기나를 다 봤을 것 아닌가.

나는 다리를 얼른 수습 했지만 때는 늦었다.

F가 몰카나 찍지 않았는지 걱정이다.

나는 벌떡 일어나 무조건 화장실로 달려갔다.

비데가 설치된 교수 화장실로 가서 그곳을 물로 여러 번 씻었다.

F의 눈 자국이라도 씻어내고 싶다.

나는 화장실에 앉아서 소리 내지 않고 엉엉 울었다.

너무 분하다.

낸 남친이 그렇게 사정해도 보여주지 않은 곳이다.

그러나 그 일을 항의 할 수도 없었다.

뭐라고 할 것인가?

'교수님, 내 ** 보셨지요? 난 몰라요. 어찌 그럴 수가 있어요? 책임져요.'

뭐 이렇게 할 수도 없지 않은가.

그때는 분을 참고 그냥 넘어갔다.

그러나 F의 괴롭힘은 그뿐이 아니었다.

'로즈는 지금 뭐하나? 샤워중인가? 아름다운 몸 잘 닦아야지. 로즈는 아마 B컵 일거야. 옷 밖으로 봐도 나는 투시 안경 쓴 것처럼 잘 보거든. 그럼 오늘도 내 꿈꾸고 잘 자요. ㅎㅎㅎ'

로즈는 F가 붙인 내 애칭이다.
나는 그것도 싫다.
이런 말미잘, 말조개 껍데기.
그뿐이 아니었다.
내가 열심히 번역을 하고 있을 때는 뒤에 와서 들여다보고 있다.
위에서 턱 밑으로 파인 나의 유방 곡선을 감상하고 있다.
내가 불편해 하면 공연히 오타 고치는 척 하면서 자판위의 내 손등을 쓱 문지르며 이렇게 해야지 한다.
내가 오타를 친 것도 아니다.
치사한 스킨십을 그렇게 한다.

"로즈, 넥타이 맬 줄 아나?"

F가 넥타를 매 달라고 한다.
나는 아빠의 넥타이를 장난삼아 잘 매었기 때문에 남친 넥타이도 매준 경험자다.
내가 넥타이를 매 주는 동안 그는 내 머리털에 코를 댄다. 쌩코랑 말코.

"아, 로즈는 머리에서 풋풋한 향기가 나, 남친은 발동 잘 걸리겠어."

여기까지 읽던 김백수는 열을 받는다.

"이런 미친 말미잘 보았나. 이것부터 먼저 복수해야 겠는데."
"더 읽어 아직 남았어."

한영빈이 열심히 만두를 먹으며 처다보지도 않고 대답한다.
로즈의 글은 계속된다.

- 어느 날 교재 베끼는 일이 많아서 밤늦게 퇴근을 못하고 있는 날이다.

'우리 닭튀김 시켜 먹을까?

노랭이가 웬 닭튀김.
그래서 닭튀김 1인분을 시켜 둘이서 나눠 먹는다.
먹는 일이 끝나자 엉뚱한 주문을 한다.

'오늘 일을 너무 했더니 어깨가 몸씨 결리네. 로즈야, 어깨 좀 주물러 주라.'

나는 할 수 없이 F 뒤로 돌아가 어깨를 만져주었다.

'아이 시원 해, 손맛이 아주 그만인데. 남자들이 좋아 하겠어. 남자들은 여자들의 손맛을 좋아하지.'

여자 손맛은 무엇을 말하는가.
남자 심벌이 느끼는 스킨십 촉감을 말하는 것 같다.
아이고 느끼한 말미잘.
이건 성희롱이 맞다.

그러면서 손을 뒤로 돌려 내 히프를 슬쩍 만지는 것 아닌가.

나는 화들짝 놀라 얼른 손을 떼고 돌처럼 몸이 굳어진다.

그 뿐도 아니다.

교수실에는 아주 높은 책장이 있는데 내 손은 닿지 않는다.

그런데 그 위의 논문집을 내려달란다.

내가 의자를 놓고 허리를 뻗어 책을 내리고 있을 때 F는 내 스커트 속을 드려다 보느라 정신없다.

이런 일은 내가 꼭 치마를 입고 간 날 시킨다.

"정말 나쁜 말미잘 교수다. 복수 1호로 정하자."

김백수가 열을 받아 펄펄 뛴다.

8. 돈까스 집 여자

그러나 F교수의 성희롱은 그것으로 끝이 아니다.
교재 표절하느라 늦어진 어느 날 저녁.

"로즈야, 너무 늦었다. 저녁이나 먹고 끝내자."

그래서 따라 간 곳이 어느 학교 앞에 있는 경양식 집이었다.
홀에 앉았으면 좋겠는데 기어이 주인이 쓰는 방을 달라고 해서 들어갔다.
여자 주인이 쓰는 살림방이라 옷이 여기저기 걸려있다.
돈까스 2인분을 시켜 놓은 말미잘은 널려있는 여자 속옷을 뒤적뒤적 하더니
검정색 팬티 하나를 주서 들었다.

"여자는 이런 색깔을 입었을 때가 제일 섹시해. 핑크 색이나 빨강 색이 사람의
욕정을 자아 낸다고 하지만 그 보다 사실은 검정 색이 가장 섹시해서 성욕을 강
하게 자극하거든."
그러나 거기 까지는 이야기가 또 그래.

"로즈는 무슨 색을 좋아하지? 아니 오늘 무슨 색깔 입었지?"

로즈가 얼굴이 빨개져서 말을 못 한다.

"남친 만날 때는 까만 것을 입어. 남친이 엄청 좋아할걸."

그래도 로즈가 가만있다.

"우리 와이프는 뇌섹을 몰라. 집에 있을 때는 입는 법이 없어. 침대에서는 벗을게 없어. 밤의 연출을 전혀 몰라."

그날 저녁은 황당해서 돈까스를 먹었는지 안 먹었는지 기억이 없을 정도다.

그 방에서 나온 것이 살아났다는 기분이다.
수시로 문자나 사진을 보내기도 한다.
윗옷을 벗고 울퉁불퉁한 근육을 자랑하는 사진을 카톡으로 보낸다.
따라오는 문자가 더 말미잘이다.
성기가 불룩 튀어나온 수영팬티를 입고 수영장에서 손가락으로 V자를 그려 보이며 음흉하게 웃는 사진도 올린다.

- 로즈도 이런 남편 얻어야한다.
근육은 쾌락의 기본.
무엇을 암시하려는 것인지.
로즈는 다음과 같은 말로 '알복' 의 보고를 마친다.

- 더 고발 하고 싶은 것이 많지만 내 자신이 부끄러워 이정도만 올립니다.
알바 여러분 알차게 복수하는 방법 좀 알려 주세요.

"와! 이런 나쁜 교수가 있나. 이건 우리가 할 것이 아니라 경찰에 고소해야 하는 것 아닐까?"

글을 다 읽고 난 한영빈이 흥분했다.

"로즈가 그걸 몰라서 여기 글을 올렸겠어? 성희롱이니 성추행이니 하는 것을 고발하면 우선 당한 여자가 온 세상에 노출 되니까 몇 백배, 몇 천배의 망신을 당하는 것 아니겠어?"
"경찰에선 신분을 숨겨주는데..."
"네티즌들 신상 털기에 걸려 살아남는 사람 봤어?"
"하긴 그래. 어떤 방법이 좋을까?"

그러나 김백수나 한영빈이 복수 아이디어를 짜내기 전에 '알복' 사이트에는 기발한 복수 아이디어가 줄줄이 올라온다.

- 거시기가 불룩 튀어나온 수영복 사진을 크게 확대해서 학교 게시판에 붙여 놓는다. 얼굴은 잘라버리고 몸매만 내 놔도 네티즌들이 누구라는 것을 밝혀 낼 것이다.

- F의 와이프에게 편지를 보낸다.

'지난번 스와핑 때는 아주 좋았소. 내주도 남편과 함께 꼭 나오시기 바랍니

다.'

- F의 핸드폰 전화번호를 알아내서 그 번호를 발신인으로 해서 그 학교 다른 여자 교수들에게 문자를 보낸다.

'오늘 저녁 한번 만나고 싶습니다. 나는 당신의 아름다움에 반했습니다.'

김백수는 여러 가지 아이디어 중에 세 번째 것이 기장 좋을 것 같다고 생각한다.

"이 메시지를 받은 여자 교수들은 어떻게 할까?"
"아마 당장 항의를 할 것이다."
"아냐, 여자들이란 자기를 예쁘다고 하면 우쭐해서 기분 좋아할 뿐 아니라 F를 좋게 볼지도 몰라."
"이러지 말고 로즈를 만나서 이야기를 해 보는 것이 어때?"
"그래 그게 좋겠네."

그렇게 해서 김백수와 한영빈은 일단 집으로 돌아간다.
김백수는 집으로 돌아 와서도 뭔가 끝내지 못한 일이 있는 것처럼 찜찜하다.

"뭐가 모자라지?"

그렇다.
영화관에서의 스킨십이 끝까지 가지 못한 때문이다.
사정을 못하고 끝난 정사가 아닌가.
김백수가 처음 여자와 스킨십을 해본 것은 강남 가정교사를 하던 진선주였다.

진선주가 S대학에 합격하던 날 진선주 어머니가 근사하게 저녁을 낸다.

6성급 호텔의 프랑스 식당에서 1인분이 25만원이나 되는 저녁을 산다.

물론 샤토 브리앙 같은 이름도 잘 모르는 고급 와인도 곁들였다.

저녁을 먹고 난 진선주 엄마는 김백수 가정교사를 집까지 배웅을 해 주라고 딸 진선주에게 부탁한다.

김백수와 진선주는 어머니가 타는 아우디의 뒷좌석에 탄다.

물론 운전사가 따로 있다.

엄마는 다른 차를 직접 운전해서 왔다가 그 차로 혼자 돌아간다.

뒷좌석에 앉은 김백수는 진선주의 손을 잡으며 다시 한번 입학 축하 인사를 한다.

그런데 진선주의 손에서 찌릿한 전기가 온다.

진선주한테서 향긋한 냄새가 욕정을 자극한다.

풋풋한 여인의 향기.

진선주가 성숙한 여자로 다가온다.

손을 잡힌 진선주는 가만히 있다.

아니 오히려 머리를 김백수의 가슴에 기댄다.

김백수는 갑자기 아랫부분이 뻐근해진다.

진선주의 입에 가만히 뽀뽀를 한다.

키스가 아니다.

그런데 진선주가 오히려 적극적이 된다.

혀를 김백수의 입으로 밀어 넣어 키스를 한다.

김백수는 진선주를 와락 껴안는다.

운전사가 백미러로 볼 수 없게 되어있는 차라서 다행이다.

김백수는 진선주의 블라우스 안으로 손을 집어넣는다.

브래지어를 헤치고 젖꼭지를 찾는다.

손이 부들부들 떨린다.

어머니 말고는 여자의 젖을 처음 만져 본다.

감격스럽다.

'젊은 여자의 젖은 이런 촉감이구나.'

김백수는 손을 다른 곳으로 옮긴다.

9. 청소 아줌마 노리는 교감

김백수는 일단 로즈라는 ID를 쓰는 강미혜를 만나기로 한다.
메일을 보내자 즉시 만나자는 회답이 온다.

-내일 (3일) 12시 세종문화회관 뒤 소공원에서 만나자.

깁백수가 메일을 보내자 사진과 함께 회답이 온다.
간민혜의 상반신 사진.
하얀 티셔츠에 네이비블루 후드 점퍼 차림이다.
엄청 예쁘다.
한영빈이 전지현이라면 강민혜는 이영애다.
김백수는 이영애가 더 예쁘다고 생각하는 사람이다.
처음 만나니까 자기를 알아보라는 뜻이다.

두뇌가 샤프하다.

김백수는 내일이 기다려진다.
그 사이 다시 눈길을 끄는 고발이 '알복' 에 올라온다.
어느 고등학교에서 청소 일을 하는 아줌마 알바의 하소연이다.

-나는 서울에 있는 A 고등하교의 청소 알바다.
임시직인 한 사람이 갑자기 아파서 못나오게 되어 내가 한 달 간 일당으로 일
한다.
그런데 아무리 청소 알바 아줌마지만 교감이라는 넘은 해도 너무한다.

첫날.
나를 면접하던 Y 교감.
아무래도 느끼했다.

"아줌마, 남편은 있어요?"
"예."
"근데 왜 아줌마가 나서서 더러운 일을 하려고 해요?"

그게 더러운 일이 아니죠. 깨끗하게 하는 일 아닙니까?

"남편이 건강이 좋지 않아 일을 못합니다."
"일을 못해요? 그럼 밤일도 못하겠네."
"예?"

나는 처음에 무슨 말인지 못 알아듣는다.
그런데 이틀째 되는 날 부터 수모가 시작된다.

일을 끝내고 여자 화장실에서 세수를 하고 옷을 갈아입고 나설 때다.
학생들과 선생님들은 다 퇴근하고 없다.

"아줌마, 나하고 소주 한잔 하지."

어디선가 Y 교감이 불쑥 나온다.

"저 소주 못해요. 안녕히 가세요."

내가 돌아선다.

"이봐 아줌마, 남의 성의를 그렇게 무시하면 쓰나. 혼자 종일 고된 일해서 내가 좀 위로해주려는데... 자 학교 앞 포장마차 가서 떡볶이 안주하고 소주 딱 한잔만 해요."

할 수 없이 따라 나선다.

그런데 그를 데리고 간 곳은 포장마차가 아니고 일식 집 방이었다.
나는 모텔도 아닌데 문 앞에서 남자와 밀땅하기 싫어서 그냥 따라 들어간다.

"야, 아줌마 그렇게 차리니까 몰라보게 예쁘네. 젊을 때는 남자 속 깨나 태웠겠어."

Y는 손을 휘저어가며 설레발레를 치기 시작한다.
회와 청주를 시킨다.

억지로 권하는 바람에 한잔 마신다.

"아줌마 이름이 뭐요? 아참, 정복순이지. 복순씨라고 부르지."

이대부터 나는 더 불안해진다.

"복순씨, 처음 키스 한 게 몇 살 때지?"

나는 대답을 하지 않는다.

"복순씨는 예쁘니까 아마 중학교 때? 고일 때?"

나는 웃기만 한다.

"첫 경험도 빨랐을 거야. 남친 자취 방? 고시원 원 룸?"

Y는 술이 들어갈수록 점점 더 이상해진다.

"어쩌면 저렇게 살결이 고울까? 요즘 아줌마들은 애인 한 두 명씩 다 있다는데, 복순씨는 없어요?"
"없어요."

내가 마지못해 대답한다.

"그럼 내가 임시 애인 되 줄까?"

"아이, 교감 선생님도."

나는 너무 말을 않고 있기가 뭣해서 몇 마디 대꾸를 한다.

"잘 됐어. 오늘 우리 애인 서약 식 한번 하자. 우선 러브 샷!"

Y가 술잔을 억지로 들게 하고 러브 샷을 한다.
내가 마지못해 응해주자 술을 마신 뒤 내 입에 번개같이 키스를 한다.

나는 깜짝 놀라 일어선다.
그도 따라 일어서서 나를 껴안는다.
동시에 내 젖가슴을 억세게 움켜쥔다.
나는 놀라 문을 열고 밖으로 나온다.
신발을 집어 들고 밖으로 뛰어 나와 집으로 간다.

-별 황당한 일도 다 있다.

미친 개 한테 물린 건가?

이튿날 나는 그만 둘까 하다가 며칠 간 일한 것이 억울해서 다시 나간다.
아예 교감 실은 청소도 하지 않았다.
그런데 점심시간에 내가 매점에서 삼각 김밥 하나를 사서 나오다가 운동장에서 딱 마주쳤다.
아마 내가 나오는 것을 기다린 것 같았다.

"아, 아줌마, 점심하려고요? 내방으로 가요. 나도 배달한 도시락 먹을 참 인데. 혼자 밥 먹는 게 얼마나 서러워요. 자 갑시다."

나는 하는 수 없이 교감실로 가서 그가 시켜놓은 도시락과 내가 사가지고 간 삼각 김밥을 퍼 놓고 점심을 먹는다.

"이러고 보니, 연인끼리 피크닉 나온 것 같은데."

나는 아무 대꾸를 하지 않고 빨리 먹고 나가고 싶었다.

"오늘 보니 복순씨는 더 예뻐졌네요. 저녁에 나하고 데이트 한 번 합시다. 남편이 누워있으니 많이 굶었을 것 아니가. 내가 한번 속이 확 풀리게 해 줄게요."

세상에 이런 자가 교감이라고 앉아 있으니 우리나라 교육이 어디로 가겠어요. 글은 여기서 끝난다.

그 뒤 학교에 청소 아줌마로 더 나가는지 어쩐지는 알 수 없다.
김백수는 복수할 일이 점점 많아져 서둘러야겠다고 생각한다. 우선 강민혜와 만나야 한다.
그런데 강민혜 만나는 일을 한영빈에게 얘기를 해야 할지 말아야할지 망설여진다.

10. 상견례 자리 웬 포르노

김백수는 청바지에 노스 페이스 점퍼를 입고 세종문화회관 뒤의 소공원으로 간다.

몇 쌍이 벤치에 앉아 데이트를 하고 있다.

한 바퀴 둘러봐도 로즈 강민혜는 안 보인다.

10분쯤 기다렸을까?

지하철 입구 쪽에서 네이비 색 후드를 입은 강민혜가 나타난다.

사진으로 본대로다.

예쁘다.

"강민혜, 여기."

김백수가 걸어가며 손을 흔든다.

강민혜도 금방 알아보고 웃으며 손을 흔든다.

손을 내밀고 악수를 청한다.

"강민혜, 13학번."

"김백수, 14학번. 1년 재수."

김백수가 손을 마주 잡고 악수한다.
아무리 봐도 예쁘다.
이영애 닮은 것이 맞다.

"이영애 닮았다는 얘기 듣죠?"
"내가요? 그런 말 처음 듣는데."

제 눈의 안경인가.

"저기 가서 앉아 이야기 할까요?"
"저기 구치 코피 숍 있네요."

두 사람은 커피 숍으로 들어가서 앉는다.

"아니 뭐 그런 교수가 다 있어요? 조교 그만두었어요?"

김백수가 분개한다.

그러나 워낙 예뻐서 교수가 탐낼만하다고 생각한다.

"아뇨. 아직 하고 있어요."
"그런 교수는 학교에서 쫓아내야 돼요."
"그런데 쫓아내는 건 반대예요. F 교수는 세계적인 학자라서 강의를 못 들으면 학생들이 손해예요. 저서도 많아요."

어랍쇼.
김백수는 뜻밖의 이야기라고 생각한다.

"그럼 강민혜 생각은 뭐요?"
"강민혜씨. 나보다 후배면서."

로즈가 호칭 생략을 지적한다.

"내가 1년 허송세월 했다고 했잖아요. 우리 동갑인데, 생일 언제?"

김백수도 자존심이 상했다.

"까 봐요."

강민혜가 주민증을 꺼낸다.
김백수는 운전 면허증을 꺼낸다.

- 김백수 1994. 02. 23
- 강민혜 1994. 05. 03
"내가 빠르네요."
"우리 말 트자."

강민혜가 웃지도 않고 말한다.

안 웃어도 예쁘다.

화날 때는 더 예쁘겠다.

"내가 석 달 빠르다. 앞으로 오빠라고 불러."

"좋아, 내가 1년 선배니까 공식 자리에선 선배라고 불러."

강민혜도 만만치 않다.

두 사람은 만족한다.

"F 교수는 몇 살이야?"

"쉰도 넘어, 딸이 시집간다고 다음 주 상견례 한대."

"나이도 많은 사람이. 딸보기 부끄럽지 않아?"

"딸도 수재래. 미국서 공부하고 왔는데 무슨 차관인가 차장인가 하는 고급 공무원집 아들하고 결혼 하나봐."

"F가 한 짓 중에 차마 입에 올리지 못할 짓도 있다고 했는데 말 할 수 있나? 내가 오빠니까 들어 봐야지."

"그거 '19금'이야. 선배로서 말하는데…"

"넘 궁금해."

"그럼 고개 저쪽으로 돌리고 날 보지 말고 있어."

김백수가 시키는 대로 딴 데를 본다.

귀만 바싹 신경을 세운다.

"남친하고 해 봤느냐? 올가즘은 느껴 봤느냐? 성감대가 어디냐. 대충 뭐 그거 비슷한 말을 수시로 해."

"ㅋㅋㅋ. 이상한 교수가 맞기는 맞네. 정신적인 문제가 있는 것 아니야?"

"그 뿐 아니고 야동 보기, 미국 판 포르노 잡지는 어디서 구하는지 늘 보고 있어. 노골적인 섹스 장면이 실린 페이지나 포르노 사진을 여러 장 펴놓고 나를 불러 일을 시킬 때도 있어. 일부러 내가 보게 하려는 거야."

"아이고 변태."

두 사람은 복수에 관한 여러 가지 방안을 찾아보았으나 결론을 내지 못한다. 다음에 만나기로 하고 찢어진다.

며칠 뒤.

'알복 성공!' 이라는 문자가 온다.

F 교수한테 복수 했다는 뜻이다.
김백수가 전화를 건다.

"만나서 얘기해."

두 사람은 다시 그 커피숍에서 만난다.
강민혜로 부터 들은 기상천외한 복수 성공담.

***

F 교수는 중요한 사람에게는 자기의 최신 저서를 자필로 사인해서 주며 자랑한다.

그럴 때는 화보처럼 생긴 학교 홍보 화보를 함께 준다.

거기에 자기 표창 받는 사진이 실려 있기 때문이다.

F는 상견례 하는 날 자기를 수행해서 심부름을 하라고 한다.

그러면서 서명한 자기의 저서와 학교 화보를 대 봉투에 넣고 예쁘게 포장하라고 로즈한테 준다.

로즈는 그럴 줄 알고 복수 계획을 착착 진행한다.

상견례 하는 날.

밖에서 F의 차 안에서 기다리던 강민혜는 예쁘게 포장된 저서를 가지고 오라는 연락을 받는다.

강민혜가 약혼 장소에 들어 갔을 때 가운데 화려한 화병이 놓여 있고 양쪽으로 정장을 한 양가 부모와 고모나 형제로 보이는 여러 명이 모두 엄숙한 표정으로 앉아있다.

양가의 딸과 아들도 부모 곁에 앉자있다.

엄숙이 흐르는 자리.

"차관님 이건 제가 최근에 펴낸 열권 째 저술입니다. 제일 먼저 차관님께 드리려고 가져 왔습니다. 졸저지만 한번 봐 주십시오."

F가 일어나서 정중하게 책이 든 대봉투를 넘겨준다.

"이거 영광입니다. 세계적 석학의 저서를 직접 받는 영광을 누리게 되었군요."
차관은 절까지 하면서 책을 받는다.
모두 박수를 친다.

"그럼 …"

차관이 봉투를 뜯는다.
긴장한 사람은 문 앞에 서서 보고 있는 강민혜다.
책을 꺼내 넘겨본다.
F는 차관이 책을 꺼내 펴는 것을 으쓱하는 표정으로 바라본다.
강민혜는 긴장해서 손에 땀을 쥔다.
F와는 달리 책을 펴보던 차관의 얼굴이 갑자기 벌겋게 달아오른다.

"어머!"
옆에서 들여다보던 차관 사모님이 비명을 지른다.
차관은 손을 부들부들 떨고 얼굴에 경련을 일으키며 책장을 여기저기 넘겨보고 화보도 넘겨본다.

"이게 도대체 뭐야? 당신 정신병자 아니야?"

차관이 벼락같은 소리를 지르며 책과 화보를 F교수 얼굴에 집어던진다.

강민혜는 재빨리 방을 빠져 나간다.
차관이 던진 책 속에서 포르노 사진이 여러 장 쏟아진다.
펼쳐진 화보.

학교 홍보 화보는 간 데 없고, 같은 크기의 화보에는 남녀가 엉겨 성교하는 모양이 대문짝만하게 펼쳐진다.

"미친 놈!"
차관이 벌떡 일어나 나간다.
여자들이 비명을 지른다.
엄청나게 화가 난 차관 일행이 차를 타고 떠난다.

약혼식장은 개판이 된다.

11. 자취방의 여친

김백수는 강민혜의 복수 이야기를 들으며 손뼉을 치고 통쾌하게 웃는다.
근래 이렇게 통쾌한 이야기를 들은 건 처음이다.

"그런데, 좀 걱정이 생긴다."

김백수가 웃음을 그치고 말한다.
강민혜의 얼굴은 궁금증으로 찬다.
그 표정도 김백수의 눈에는 예쁘다.

"두 가지 걱정이 되네. 첫째는 그 뒤에 F가 너를 가만히 두겠냐 하는 것이다.
형사 고소까지 하지 않을까?"
"맞아 그런 걱정이 돼. 하지만 그걸 떠벌리면 누가 손해야? 나야 무명의 학생
이니까 데미지가 약하지만 지는 세계적 저명 학자인데, 그런 일이 사람들 입에
오르내려봐. 아마 환장할 걸. 둘째, 그건 자기 실수야. 나는 자기가 넣어 준 대
로 포장 했을 뿐이야. 그걸 내가 넣었다는 증거가 있나?"
"그걸 본인이 인정할까?"

"인정 안하면? 누가 그랬느냐 하는 것 가지고 재판이라도 받아? 그러면 자기는 야동 즐기고 포르논 잡지, 사진 수집하는 교수로 유명해 질 것 아니야?"

"그래도 망신 각오하고 덤비면? 막말로 그 잡지와 사진 지문이나 유전자 흔적에서 네가 만진 것이 입증되면..."

김백수가 온갖 상상 할 수 있는 말을 다 한다.

"그럴 줄 알고 내가 고무장갑 끼고 작업했지. 거긴 F의 지문이나 DNA밖에 안나와."

"너 참 똑똑하다."

김백수가 감탄한다.

"그리고 둘째는 뭐야?"

"둘째는 그 수재라는 딸은 파혼 당할 텐데 무슨 날벼락이냐? 그리고 그 차관 아들은 또 뭐야."

강민혜는 빙긋 웃는다.
그 말 나올 줄 알았다는 표정이다.

"그 집 수재 딸을 평소에 좀 알거든. 아버지한테 가끔 들려서 내가 몇 번 만났어. 한번은 F교수가 강의중인데 찾아와서 내가 데리고 카페에 가서 같이 차 한잔을 마시며 한 시간 동안 이 얘기, 저 얘기 했지. 근데 말이야..."

강민혜의 이야기다.

"곧 결혼 하시게 된다면서요. 축하합니다."
"축하 받을 일 아닌데요."

표정이 아주 이상해진다.

"무슨 사연이라도..."

강민혜가 묻는다.
딸은 한참 망설이다가 말한다.

"나는 싫거든요. 명문 집안에 아빠가 차관이라고 정략결혼을 하자는 거예요. 요즘 세상에 그런 결혼이 어디 있어요? 실은 나한테는 미국서 사귄 남친이 있거든요. 아빠가 하도 우겨서 따라가기는 가는데 적당한 핑계대고 미국으로 튈 거예요."

강민혜의 이야기를 들은 김백수가 고개를 끄덕인다.

"네가 좋은 일 한 셈이네. ㅋㅋㅋ."
강민혜와의 만남은 정말 유쾌하다.
김백수는 아쉬운 작별을 하고 돌아온다.

- 나 홍대 앞 지하 서점에 있는데, 같이 차 마셔.

한영빈한테서 온 카톡이다.
김백수는 5호선으로 충정로역까지 가서 2호선으로 바꿔 타고 홍대 앞에 가는데 30분이 걸린다.

서점 입구에서 만나 영빈은 환하게 웃는다.
강민혜와는 또 다른 여성미가 물씬하다.
강민혜가 명화 그림이라면 한영빈은 섹시한 현실이다.
둘은 반갑게 포옹하고 스타 커피숍으로 갔다.
김백수는 강민혜 만난 이야기를 할까 말까 하다가 하지 않기로 한다.
그러나 F교수 복수 이야기는 너무 재미있어서 그냥 넘길 수 없다.
전화로 들은 것처럼 하고 이야기를 한다.
배꼽이 빠지도록 웃는다.
한참 깔깔 거리며 놀던 김백수가 생각난 것을 이야기 한다.

"오늘 수요일이지?"
"맞아, 근데?"
"오늘밤에 만나."
"누가?"
"편의점 조 사장과 아파트 아줌마."
"그래? 매주 수요일 만나?"
"거의 그래. 오늘밤 가자. 11시쯤이 좋아."
"구경하다가 얼어 죽게?"
"여기서 놀다 저녁 먹고 천천히 가자."

저녁 무렵 두 사람은 즐겨 먹는 만두집에 가서 저녁을 때운다.

"샤롯데 한 번 더 가고 싶다."

김백수가 헤비 스킨십이 생각난 모양이다.

"저녁에 편의점 불륜 남녀 구경만 하지 말고 복수 할 방법 좀 연구해 봐."

두 사람은 머리를 맞대고 두 시간이나 머리를 짜낸다.

마침내 좋은 아이디어가 채택 된다.

만족해서 서로 부여잡고 낄낄거린다.

"어때? 기가 막힌 아이디어지?"

"난 상상만 해도 웃음 폭탄이 터질 것 같아. 로즈의 복수 방법 보다 훨씬 기묘하다."

"그럼 우선 준비를 해야지. 내 자취방에 가자."

김백수는 사방이 막힌 공간이 필요하다.

집에 가서 저녁 11시까지 시간을 보내자는 것은 핑계가 좋다.

두 사람은 김백수의 자취방에 간다.

싱글이 사는 방답지 않게 깔끔하다.

방에 들어서자마자 김백수는 한영빈을 끌어안고 미친 듯이 입을 맞춘다.

한영빈의 혀가 김백수의 입속을 헤집고 다닌다.

김백수는 한 손으로 한영빈의 가슴을 파고 들어간다.

"잠깐 숨 좀 쉬고."

한영진이 입을 뗀다. 그리고 점퍼를 벗어 버린다.

블라우스도 풀고 브래지어를 끌어올려 젓을 노출 시킨다.

"아이 예뻐."

김백수가 손이 아닌 입을 가져간다.

"가만. 그건 우리 아기 몫이야. 손만..."

한영빈이 김백수의 머리를 밀어낸다.

"새삼스럽게 뭐야."

김백수는 머리를 들고 손으로 유방을 부드럽게 애무하기 시작한다.

12. 불륜 현장 목격

김백수의 손이 한영빈의 스커트를 들치고 안으로 들어간다.
한영빈이 무릎을 오므리고 손을 못 들어오게 막는 시늉을 한다.

"너무 빨라."

한영빈이 다시 김백수의 입을 막고 혀를 밀어 넣는다.
한영빈의 손이 김백수의 바지 가운데를 헤집는다.
바지 지퍼를 내리고 손가락을 집어넣는다.
김백수의 물건이 **빳빳**하다.
㉮판이라도 뚫겠다.
김영빈의 손도 한영빈의 중심을 끈질기게 공격해서 마침내 방어진을 뚫고 풀밭에 도달한다.
이제 전쟁은 무르익어 서로 핵심을 노략질하기 시작한다.
김백수가 한영빈을 바닥에 쓰러뜨린다.

"썸타기 조약 1조."

한영빈이 경고한다.

'썸타기 조약' 제1조는 스킨십에 관한 규칙이다.

물론 둘이 합의해서 만든 것이다.

헤비 스킨십일지라도 삽입은 금지한다는 조약이다.

"알았어. 하지만 오늘 한번만 예외는 안 될까? 오늘은 정말..."

"절대 불가!"

한영빈이 벌떡 일어난다.

"우리 라면 끓여먹자."

김백수는 머쓱해진다.

한영빈한테서 떨어져 나간다.

"아까 만두 먹었잖아."

"라면 어디 있어? 내가 끓일게."

"아냐. 내가 할게."

김백수가 할 수 없이 일어서 냉장고에서 달랑 한 개 남은 라면 봉지를 꺼낸다.

편의점 알바 할 때 저녁 간식으로 먹으려고 사가지고 온 것인데 잊어먹고 그냥

두었던 것이다.

"라면 맛있게 끓이는 방법."

"라면 스프 외에는 아무 것도 넣지 않는다. 특히 계란 같은 것."

"맞아."

두 사람은 라면을 한 봉지를 끓여 함께 먹는다.
꿀맛이다.

"시간 됐어. 가자."

두 사람은 비장한 각오로 출전 준비를 한다.

"CCTV에 찍혀도 누군지 모르게 해야 돼."
"내가 여장을 하면 키가 너무 클까?"

"여기 여자 옷이 없잖아."

"그럼 내가 남자로 변장하지."
"네가 남자로? 키가 모자라서 잘해야 중성이다."
"ㅋㅋㅋ. 중성?"

한영빈이 김백수의 겨울 점퍼를 입는다.
야구 모자를 쓰고 마스크를 한다.
그 위에 후드를 덮어쓴다.
정말 남자인지 여자인지 구분이 가지 않는다.
물론 누군지 알아내기란 더 어렵다.

"좋았어. 위장 완벽."

김백수가 트레이닝 백을 챙겨든다.

두 사람이 지하철을 두 번 갈아타고 편의점에 도착 했을 때는 11시가 넘어서다.

추운 밤이라 인적이 딱 끊긴다.

김백수는 하영빈의 팔을 끌고 편의점 옆으로 돌아간다.

안을 들여다볼 수 있는 조그만 창 앞에 선다.

먼저 김백수가 안을 들여다보았다.

"와-"

김백수가 탄성을 지른다.

신기하게도 사장과 303호 아줌마가 작업을 하고 있다.

아줌마가 작은 의자에 앉아있고 사장이 앙게 다리를 하고 있는 아줌마 무릎 사이에서 피스톤 운동을 하는 뒷모습이 보인다.

두 사람 다 아랫도리는 벗었다.

그 뒤 라면이나 삼각 김밥을 사서 먹는 조그만 선반 위에 여자의 스커트와 팬티, 그리고 사장의 바지와 팬티가 얹혀있다.

"지난주는 왜 안 왔어? 괜히 나 혼자 밤 새웠잖아."

"남편이 일찍 들어와서 한번 하자고 대드는 바람에… "

"그래서 했어."

"응, 예."

"나보다 좋았어?"

"피이, 빨리 좀 해요. 느낌이 전혀 없어."

"천천히 할 거에요."

"사장님 와이프는 해 달라고 안 해요?"

"여편네는 한 달에 한 번이면 만족해. 하지만 뭐 재미가 있어야지."

"왜요?"

"맨날 똑 같은 자세. 정상위 방법 외는 절대 응하지 않아요."

"얌전해서 그런가요?"

"후배위 같은 것은 짐승 같다고 펄쩍 뛰어서 한 번도 못했어요."

"나는 그게 더 좋던데. 우리 아빠도 그건 안 좋아하더라."

"헉- 넘 좋다."

남자의 엉덩이 근육이 크게 꿈틀거린다.

"와아. 라이브 첨 본다."

한영빈이 신기해서 입이 딱 벌어진다.

"여기서 이러면 지나가던 사람이 다 보겠는데?"

"일부러 이 자리를 찾아서 들여다보는 사람은 없어. 볼 일 있으면 앞문으로 오지."

"라이브로 보니까 기분이 이상해."

한영빈의 숨결이 가쁘다.

"왜?"

"막 젖어."

"ㅋㅋㅋ.빨리 끝내고 가서 우리도 한번..."

"안 돼"

"앗 돌아섰다."

사장과 아줌마가 기다리던 후배위를 시작했다.
전에도 후배위로 자세를 취하고 사장이 격렬한 운동으로 사정을 끝냈었다.

"됐어 지금이야."

남녀 두 사람이 모두 뒤를 보이고 있기 때문에 선반에 있는 옷가지를 볼 수 없는 기회다.

"빨리, 빨리."

두 사람이 편의점 문 앞으로 온다.
문을 열어 본다.
당연히 잠겼다.
김백수가 열쇠 키를 꺼낸다.
알바 때 가지고 있던 것을 반납하지 않은 게 다행이다.
문이 스르르 소리 없이 열린다.

"흐억, 흐억."

절정을 향한 남녀의 신음 소리가 좁은 실내를 꽉 채운다.
한영빈이 고개를 숙이고 살금살금 들어가 선반위의 옷을 주섬주섬 거두어 안고 나온다.

"헉!"

남녀가 동시에 숨넘어가는 괴성을 토한다.

절정에 도달한다.

한영빈은 재빨리 옷을 안고 나온다.

기다리던 김백수는 트레이닝 가방에 옷을 주섬주섬 재빨리 챙겨 넣고 현장을 떠난다.

성공이다.

"일 끝나고 얼마나 황당할까?"

- 딱!

두 사람의 하이파이 소리가 어두운 거리에 멀리 퍼져나간다.

13. 벌거벗고 엉금엉금

정사를 CP 낸 편의점 사장과 303호 아줌마는 어떻게 되었을까?

"자기 좋았어?"
"응, 오늘 당신 것은 유난히 컸어. 정말 죽는 줄 알았다니까. 또 일주일을 어떻게 기다리지?"
"그럼 일주일에 두 번씩?"
"그건 너무하고…"

303호는 아쉬운 듯 남자를 껴안아 입을 맞추고 덜렁거리는 거시기에 입을 맞추기도 한다.

"에게, 요렇게 쪼그라들었어. 요 귀여운 것."

남자는 여자의 가슴을 한번 만져주고 사방을 두리번거린다.
팬티와 바지를 찾는다.
있을 리가 없다.

"빤스가 어디갔지?"

여자도 정신을 차리고 팬티를 찾는다.

"아니, 내가 팬티를 어디 두었지? 안 입고 왔나?"

아무리 둘러보아도 없다.
귀신이 곡할 노릇이다.
사장이 뛰어가 문이 열렸나 본다.
문이 덜렁 열린다.

"아이고 큰일 났다. 도둑이다."
"도둑? 무슨 도둑이요?"

여자도 덩달아 문을 열어 본다 열린다.
찬바람이 쏴아 불어온다.

"어떤 놈이 옷을 훔쳐갔어."
"그럼 우리가 하는 짓을 다 보았을 것 아냐? 이를 어째."

아줌마가 새삼스럽게 벌거벗은 아랫도리가 부끄러운지 양손으로 가린다.
얼굴이 하얗게 질린다.

"어쩌면 좋아. 여기 다른 옷 없어요?"
"편의점에 별 것 다 있지만 옷은 팔지 않아요."

"어떻게 해. 아랫도리를 가려야 집으로 가지. 이 모양으로 나갈 수가 없잖아요."

두 사람은 다시 문을 단단히 잠그고 카운터에 가서 앉았다.
둘이 얼굴을 멀거니 쳐다보지만 묘안이 나오지 않는다.

"누가 이렇게 했을까요?"
"혹시 아줌마 남편이?"
"그 사람이 현장을 보았다면 옷이나 훔쳐가고 말겠어요? 나는 맞아 죽었지."
"누가 지나가다가 보고 열불이 나서 옷을 가져다 길에 버린 것 아닐까?"
"지나가다가 보이지도 않을 뿐 아니라 문을 잠갔는데 어떻게 들어와요."
"아까 그냥 열리던데 우리가 모르고 안 잠갔을 수도 있어요. 잘 생각해 봐요."
"하긴 아줌마 얼굴을 보자 빨리 하고 싶어서 잠그는 것을 잊었을 수도 있네."
"으이구, 난 몰라."

남자는 다시 물건을 덜렁거리며 편의점에 진열된 물건을 둘러본다.
그러나 아랫도리를 가릴만 한 것은 아무것도 없다.
"지금 아파트로 뛰어 가면 아무도 못 보지 않을까?"
"경비가 자고 있으면 모를까, 우리 경비는 착실하기로 이름나서 절대 졸거난 자지 않아요."

남녀는 다시 머리를 싸매고 궁리를 한다.

"저 종이상자를 뜯어서 앞뒤만 가리고 가면 안 될까?"
"한 번 해 봐요."

사장이 과자가든 상자를 비운다.

바닥을 뜯어 아래위가 통하게 만든다.

그리고 치마 입듯이 입어본다.

중요한 부분이 가려지기는 한다.

모양이 우습기 짝이 없다.

"이 모양을 경비가 본다면 어떻게 생각할까?"

"새벽에 저 여자가 미쳤나라고 하겠는데요."

그러나 아무리 궁리해도 방법은 없다.

"이러다 아빠 깨면 큰일인데. 벌써 1시 반이잖아. 오줌 누러 일어날 때 되었어요."

303호가 초조해서 안절부절 한다.

"너무 걱정 말고 …"

그 와중에 사장은 여자의 벗은 아랫도리 거웃을 만지며 얼굴을 젖가슴에 대고 부빈다.

"이이가… 지금 그거 생각이나요?"

"한 번 더 하면서 생각 해 보자고요."

어느새 남자의 물건이 벌떡 일어서서 여자의 아래를 노린다.

"정말 못 말려. 안 돼요."

여자가 앙칼지게 거부한다.
사장이 머쓱해진다.

"이렇게 하자고요."

사장이 묘안을 생각한 것 같다.

"저 상자를 가리고 밖으로 나가 지하 주차장으로 가는 거야. 지하 주차장에는
경비가 없잖아요."
"그래서요?"
"거기서 엘리베이터를 타고 올라가는 거야."

"지하 주차장에 사장님 차 있잖아요?"
"있지."
"그 차를 타고 가는 거야?"
"어디로?"
"사장님 댁으로요."
"우리 집에 가서 새벽에 이 모양으로 들어가면 마누라가 그냥 두겠어요?"
"아이 난 몰라."

아줌마가 또 왈칵 짜증을 낸다.

"조금 있으면 손님이 와요."

사장이 걱정스럽게 말한다.

"무슨 손님이 새벽 2시에 와요?"
"삼각 김밥 배달하러 오거든요. 잇달아 우유, 요구르트, 유통 회사서 배달하러 줄줄이 와요."
"정말 야단났네. 오입 한 번 하다가 이게 무슨 개망신이야."

신나게 섹스 할 때는 언젠데 이제 원망으로 가득 찬다.

"할 수 없어요. 지하 주차장까지 가요. 거기서 엘리베이터로 올라갈게요."
"그럼 나는 어떻게 하고."
"아침에 내가 물건 사러 오는척하고 아빠 바지 하나 훔쳐다 줄게요."
"집에 가면 그 바지 누구 거냐고 따질 텐데."
"아이 몰라요. 그렇게 해요."

이렇게 결정하고 두 사람은 손으로 아랫도리 중요한 것만 가리고 주차장으로 뛰어 간다.
한 밤 중이라 건물 뒤에 있는 아파트 주차장 까지 가는 데는 아무도 없다.
누가 보았으면 얼마나 배꼽을 잡았을까.
아래는 맨 몸이지만 추운 줄도 모른다.

"주차장에 CCTV가 있으니까 엎드려서 차 뒤에 숨어 엘리베이터로 가요."

두 사람은 고양이처럼 네발로 엉금엉금 기어서 엘리베이터로 간다.
그렇게 하면 정말 CCTV 모니터에 나타나지 않는지 자신이 없다.

14. 퀵으로 받은 아내 팬티

편의점 사장과 303호 아줌마의 '알복' 복수는 그것으로 끝나지 않는다.
303호 아줌마는 과자 박스로 부끄러운 곳을 가리고 남편 몰래 집에 들어가는데 성공한다.

그리고 아침 7시쯤 우유 사러 간다는 핑계로 남편의 헌 바지 하나를 몰래 들고 나가 편의점 사장에게 전달한다.
그러나 사장은 그 바지를 입고 집에 갔다가 아내한테 들켜 혼 줄이 난다.

"수영장에 갔다가 그게 내 바지인줄 알고... 내가 좀 멍청해."
"말도 안 되는 소리 하지 말고 바지 벗어봐."
사장이 하는 수 없이 바지를 벗는다.

"빤스는 어디갔어."
"그거 입는 것도 잊었네."

아내는 남편의 축 늘어진 성기를 면밀하게 관찰한다.

냄새도 맡아본다.
혀로 맛을 보기도 한다.

"여기 다른 년 냄새가 나는데 바른대로 불어."

다음에 바지를 들고 킁킁거리며 냄새를 맡는다.

"이건 당신 냄새가 아니야. 어떤 놈 바지야?"

아내의 준엄한 추궁은 몇 시간 계속된다.
남편의 말도 안 되는 변명을 아내는 믿을 수도 없고 안 믿을 수도 없다.

한편.
김백수와 한영빈은 통쾌한 복수를 직접 목격하고 현장을 떠난다.
라이브 포르노를 생생하게 본지라 적잖게 흥분 된다.

"빨리 우리 자취방으로 가자."

김백수가 서둘러 택시를 잡는다.

"왜 그리로 가?"
한영빈이 김백수의 흑심을 눈치 챘다.

"그 옷 남자 옷인데 우리 방에 가서 네 옷으로 갈아입어야지."

평계가 좋다.

한영빈도 기분이 좀 업 되어 그냥 따라 간다.
자취방에 들어갔을 때는 새벽 2시 가까이 되었다.
한영빈이 남자 겉옷을 벗는다.
지켜보고 있던 김백수가 더 못 참는다.
한영빈을 와락 껴안고 방바닥에 넘어뜨린다.
김백수가 그 위에 겹친다.
얼굴을 맞대고 입술을 빤다.
한 손으로 항영빈의 바지를 끌어 내린다.

"영빈아, 더 못 참겠어."

한영빈이 김백수가 하는 대로 내버려 둔다.
김백수는 동의를 얻었다고 생각하고 재빨리 바지를 벗어 던진다.
팬티도 내린다.
미쳐 다 벗지 못한 바지가 한쪽 가랑이에 걸린다.
김백수의 그것은 부풀대로 부풀어 엄청나게 커졌다.
김백수는 한영빈의 팬티를 잡아 당겨 벗긴다.
이제 삽입만 남았다.
한영빈의 샘도 충분히 젖었다.

그때 까지 가만히 있던 한영빈이 벌떡 일어난다.

"자취방 잠자리 협약 제1조."

한영빈이 갑자기 엄숙해진다.

"그 조항은 위헌이야. 오늘 한번만 하자. 라이브 쇼를 보고 왔는데 그냥 참을
수가 없잖아. 제발 오늘 한번만…"
"노우. 네버."

한영빈이 단호하다.

"대신 내가 스킨십 해 줄게."

한영빈이 빳빳해진 김영빈의 그것을 부드럽게 만진다.

"입으로 한 번만 해줘."

김백수가 염치없는 주문을 한다.

"삽입 금지."
"그게 무슨 삽입이야?"
"삽입이 무슨 뜻인데? 국어사전 찾아봐. 집어넣는다는 뜻이잖아."
"넣는 곳이 어디냐가 문제지."
"비행기가 지상에서 전진하건 공중에서 전진하건 그건 모두 항로라는 것 몰
라?"
"졌다."

그들은 헤비 스킨십으로 참는다.

달아올랐던 몸이 누그러진다.

"저 옷 도둑맞고 사장과 아줌마는 어떻게 되었을까?"
"황당하고 기절초풍 했을 거다."
"저 옷을 어쩌기로 했었지?"
"벌써 잊었어? 아줌마 팬티하고 스커트, 그리고 사장 팬티하고 바지를 보기 좋
게 잘 포장해서 아줌마 한테 소포로 붙이기로 했잖아."
"참 그러기로 했지. 그걸 받아본 아줌마네 식구들은 어떤 표정이 될까?"
"ㅋㅋㅋ. 생각만 해도 오금이 막 저려. 우리가 직접 그 장면을 못 봐서 유감이
네."
"가만 있어봐."

김백수가 갑자기 웃음을 그쳤다.

"왜?"
"저걸 303호 아줌마 집으로 보내면 소포 배달은 보통 낮 10시경에 하는데, 그
때는 아줌마 혼자 집에 있을 때 아니야? 받아보고 흔적을 없애면 우리는 소포
값만 없애는데…"
"그래서 아줌마 남편 직장으로 보내기로 했잖아."
"맞아 아줌마 남편이 받아 보면 얼마나 황당하고 화가 나겠어. 하하하."

김백수가 생각만 해도 통쾌한 모양이다.

"발신지는 편의점 사장으로 해야지?"
"물론이지."

"남편의 직장 주소는 알아?"

"직장이 어딘지는 알아. 국무총리 직속 국민 풍기단속 감찰 팀 팀장이야."

"거기가 뭐하는 덴데?"

"인터넷 검색으로 주소지와 직무 등을 찾아보았는데, 팀장은 중앙부처 공무원 국장급이더라고. 엄청 높은 공무원이야."

"우편 번호도 알아?"

한영빈도 하는 일이 신이 나서 부도난 섹스는 잊었다.

"우편으로 붙이면 아무리 발송자를 편의점 사장으로 하더라도, 지문조사 CCTV 같은 것을 속이기는 힘들어."

"그럼 택배로 보내면 돼. 편의점에서 자동으로 주소 입력해서 택배나 퀵 서비스하는 방법 있잖아. 그걸로 하면 누가 붙였는지 수신자는 알 수 없어."

"장갑 끼고 지문 남지 않게 할 수 있지."

"하하하. 아무리 생각해도 웃겨. 아줌마 남편이 무슨 귀중한 선물인가 하고 풀어 보니까 자기 와이프가 입던 팬티와 낯익은 와이프의 스커트, 거기다 남자의 헌 팬티와 바지, 보낸 사람은 자기 동네 편의점, 도대체 무슨 상상을 할 수 있을까?"

"온갖 상상을 다 해보고 나서 열불이 나 미칠 거야."

"아줌마가 납득할 만한 설명을 못하면 이혼하자고 하지 않을까?"

"하긴... 간통죄가 없으니 형사처벌도 할 수 없고..."

"이건 '알복'에 올릴 수도 없고..."

15. 남편 유혹

국무총리실 직속 풍속 감찰팀 팀장실.

"국장님 택배가 왔습니다."

여직원이 포장된 물건을 가지고 온다.

"택배? 어디서 왔는데?"

팀장이 컴에서 눈을 떼지 않고 묻는다.
바쁘게 처리해야할 문건이 있는 모양이다.

"편의점이라고 돼 있는데요. 팀장님 아파트 단지예요."
"거 왜 집으로 보내지 않고... 가만 그거 폭발물 아니야?"

팀장이 갑자기 겁을 먹는다.

"무척 가벼운데요. 폭발물은 아닌 것 같아요."
직원이 웃으며 말한다.

"한번 뜯어 봐."

여직원이 카터를 가지고 와서 듣는다.

"어? 이게 뭐야? 옷이잖아."

여직원이 여자의 스커트와 남자 바지를 꺼낸다.

"아니 이건 또 뭐야?"

다음에 여직원이 여자 팬티와 남자 팬티를 꺼낸다.

여자 팬티는 고급 레스가 달린 검정색이고 남자 팬티는 체크무늬가 있는 트렁크 스타일이다.

"ㅋㅋㅋ, 왜 이런 게."

여직원은 어이없어 웃기만 한다.
팀장은 여직원의 수상한 웃음에 하던 컴 작업을 멈추고 일어서서 테이블 위의 옷가지를 본다.

"어? 이게 뭐야. 저건 마누라 팬티하고 똑 같은데. 저 남자 팬티는 뭐야?"
"이게 사모님 팬티예요?"

여직원이 웃음을 참느라 입을 가린다.
팀장이 팬티를 만져보며 당황한다.

"마누라 팬티가 왜 여기에? 이 남자 팬티는 뭐야?"

황당해서 말을 못한다.
발신자를 다시 본다.
아침마다 지나오는 자기 동네 편의점이 틀림없다.
그 집 사장 얼굴을 팀장은 물론 안다.
얼굴이 가무잡잡하고 어깨가 딱 벌어진 다부진 남자다.
그런데 왜 그 집 남자의 팬티와 마누라 팬티가 자기한테 배달되어 왔단 말인가?
둘이서 팬티 벗고 무슨 짓인가를 했다는 말인가.

"팀장님, 누구 옷인지 아십니까?"
"마누라 팬티 같았는데... 아닌가봐. 근데 누가 왜 이런 장난을 쳤지? 혹시 우리 감찰에 걸린 사람이 보복으로?"
팀장은 마누라 팬티와 스커트가 틀림없다는 것을 알지만 어물어물한다.

"이상한 물건이면 경찰에 수사 의뢰 할까요?"

여직원이 묻는다.

그러나 팀장은 어물어물 대답을 못 하다가 입을 연다.

"내가 자세히 알아 볼 테니까 그냥 두고 나가요."

여직원이 나간 뒤 팀장은 얼굴이 분노로 일그러진다.
옷가지를 자기 가방에 구겨 넣는다.
집에 가서 따질 생각이다.
집에 돌아온 팀장은 안방으로 아내를 불러 들어간다.

"당신 초저녁부터 또 할려고 그러죠? 그럴 줄 알고 나 샤워하고, 당신 좋아하는 로션도 발랐어요. 자 덤벼요."

여자가 옷을 훌러덩 벗고 양팔을 벌린다.
조금 살이 찌긴 했지만 하얀 살결과 새카만 음모가 팀장의 눈을 자극한다. 아이를 둘이나 키웠지만 아직 탱탱한 유방은 매혹적이다.
팀장은 침을 꿀꺽 삼킨다.
아내가 이렇게 적극적으로 나온 일이 결혼 이후 한 번도 없었기 때문이다.
남편이 와락 덤빌 줄 알았는데 주춤하자 아내는 남편 품에 와락 안기며 덮어 놓고 남편의 성기를 불끈 쥔다.

"에게, 아직 애기네."

남편이 아내를 확 밀어내고 소리 지른다.

"당신 도대체 무슨 짓을 하고 다니는 거야? 이게 뭐야?"

팀장이 들고 들어온 가방에서 옷가지를 꺼내 확 던진다.

"이게 뭔지 설명해봐. 당신 팬티가 왜 어느 놈 팬티하고 함께 섞여 나한테 배달 된 거야?"
"예? 이게 당신한테 배달이 되었어요?"

여자는 순간 쥐가 날 정도로 머리 회전을 시킨다.
일단 오리발이다.

"이거 내 것 맞아요."
"근데 왜 어느 놈이 가지고 있다가 나한테 보내?"
"이거 며칠 전에 빨아서 베란다에 널어 둔건데 없어졌던 거예요."
"뭐라고? 그런데 이 남자 팬티하고 바지는 뭐야?"

팀장이 기가 약간 꺾인다.

"그거야 나도 모르죠. 어떤 놈이, 아니 변태가 한 짓 아닐까요? 아니면 당신이 감찰 일을 하니까 당한 사람이 보복하기 위해 이런 일을 꾸밀 수도 있고요."

팀장이 이젠 완전히 누그러진다.

"근데 왜 우리 동네 편의점 이름으로 보냈을까?"
"그야 이름을 속이자니까 아무 것이나 가져다 댄 것이지요. 이 동네 변태가 여자 속옷 훔쳐간다고 소문이 났어요."

여자가 없는 소문도 만든다.

"우리 집은 3층인데 여기까지 여자 속옷 훔치러 올라온단 말이야?"
"가스관을 타고 온다잖아요. 아니면 옷이 바람에 날려 갈 수도 있고요. 며칠 전 바람 심하게 불던 날 없어졌거든요."
"있다가 편의점 가서 알아봐야겠어. 혹시 그놈 팬티일지 모르잖아."
"아이고, 당신도 마누라 팬티 들고 다니며 동네 망신시키려는 거요? 제발 그냥 덮어둡시다."

 여자가 말을 하면서 젖을 손으로 받쳐 보이기도 하고 가랑이를 들어 음부가 남자 눈에 잘 뜨이도록 들이대기도 한다.
 남자가 마침내 옷가지를 집어 던지고 여자를 침대위에 안아다 눕힌다.
급히 바지를 벗는다.
 윗옷은 입은 채 발기가 덜 된 물건을 여자의 아래에 들이대며 중얼거린다.

"편의점 놈이 수상해 나중에 따져 봐야지."

16. 샤워 물소리만 듣고도

김백수는 '알복' 사이트에 로즈가 올린 글을 본다.

로즈라는 아이디는 강민혜다.

강민혜라면 김백수는 저도 모르게 끌린다.

- 우리 학교 취업 알선 반에서 조사한 알바에 대한 통계를 소개한다.

대학생들의 한 달 평균 생활비는 41만 원.

한 달 30~40만 원 쓰는 학생이 30%로 가장 많다.

60~80만 원 쓰는 학생은 6%.

20만 원 이하가 3%.

지출 항목을 살펴보자.

외식비가 30%로 1위.

교통비 17%.

품위유지비 16%.

유흥비 7%.

통신비 6%.

김백수는 여기에 하숙비나 기숙사비, 혹은 자취하는 경우는 포함 된 것인지 아닌지 알지 못 한다.

강민혜를 만나서 물어보고 싶어진다.

아니 그 핑계로 강민혜를 만나고 싶다.

전화를 할까 말까 망설이고 있을 때 한영빈의 문자가 온다.

'나 다시 우리 꽈 여자 교수 Y의 조교로 알바 나간다.

다음 주 교토에서 열리는 인류문화사 세미나에 같이 가기로 했다.'

- 잘 됐다. 추카추카.

문자로 답신 보낸다.

그리고 강민혜한테 전화를 건다.

한영빈을 좋아 하지만 만나고 찢어질 때마다 불만이 남는다.

'자취방 조약 제1조' 때문일까?

따지고 보면 그럴 수도 있다.

헤비 스킨십으로 욕정의 9부 능선까지 갔다가 하산하는 스트레스는 김백수를 괴롭힌다.

그 불만을 강민혜한테서 해소하고 싶어진다.
하지만 강혜수는 더 만만하지 않은 상대일지도 모른다.
이건 양다리 작전이 아닌가.
그러면 안 되지 하는 생각이 없는 것도 아니다.
그러나 강민혜는 이런 장애물을 다 넘어설 만큼 보고 싶은 여자다.
전화를 건다.

"민혜야? 나야."
"내가 누구더라..."

이런?
강민혜의 전화 번호 메모에는 김백수가 없다.
김백수는 실망한다.
그러나 그것이 전화를 끊을 만큼 섭섭하지는 않다.

"나, '알복'의 김백수."
"아, 백수씨. 미안해 목소리 못 알아봐서. 근데 웬 일이야?"

"응, 네가 올린 대학생 용돈 통계 잘 봤어."
"그거 거의 엉터리야. 통계란 늘 그런 것 아냐?"
"난 흥미로웠어. 거기 대해 더 좀 물어보고 싶어. 만나자."

마침내 핑계 끝에 만나자는 용건을 말했다.

"좋아. 홍대입구역 8번 출구. 지하 책방."

"몇 시?"

"2시간 뒤."

"콜."

김백수는 가슴이 활짝 열린다.

괜히 어깨가 으쓱한다.

시계를 본다.

4시, 그러면 6시에 만난다.

2시간은 지루하다.

그러나 강민혜의 얼굴, 가슴, 하얗고 긴 손가락, 하늘하늘한 허리, 도톰한 히프, 그리고 그 중심에 있는 계곡, 계곡의 가운데 있을 바기나를 생각한다.

한영빈과 비교도 해본다.

깅민혜가 헐씬 신비롭다.

이제 양다리에서 한 다리로 옮겨가는 것인가?

6시에 지하 책방 외국어 코너에서 강민혜를 발견한다.

스카이 블루 치마와 흰 블라우스, 녹색 재킷이 멋있다.

정말 이영애보다 예쁘다. 김백수 눈에는.

"로즈."

"백수."

로즈가 환하게 웃으며 다가온다.

반갑다. 정말.

"내가 좀 늦었지?"

"아냐, 정각이야. 난 원래 어떤 약속이든 2분 쯤 먼저 가거든."
"넌 더 예뻐졌다."
"원래 예뻐. 그건 칭찬이 아니야."
"ㅋㅋㅋ. 그래도 취소 할 수는 없어. "
"나가서 고로케 먹을까? 여기 골목에 맛있는 집 있어."

김백수는 강민혜를 따라 골목으로 간다.

의자가 4개 밖에 없는 고로케 집에 들어간다.
좁아터졌다.
여드름이 잔득한 알바 총각이 주문을 받는다.
강민혜는 고로케와 우유를 맛있게 먹는다.
김백수는 무슨 맛인지 모르고 강민혜의 알몸을 눈으로 상사하기에 바쁘다.

"맛없어?"

김백수가 먹는데 열중하지 않는 것을 눈치 챈 강민혜가 묻는다.

"아냐, 맛있어. 근데 그 통계 말이야. 하숙비나 자취 비용도 포함 한 거야?"
"물론 포함 한 거지. 알바들 벌이로 커버 할 수 있는 액수야. 하지만 통계라는 것 믿지 마라."
"이공계 학생이 그렇게 말해도 돼?"
"통계의 거짓말이라는 책 사서 봐. 아니면 내가 빌려 줄게."

강민혜도 김백수에게 호감은 있다.

"우리 조용하고 사람들 눈 없는 곳에 가자."
"거긴 왜?"
"너 지금 나하고 스킨십 하고 싶은 것 아냐?"

김백수는 정면으로 화살을 맞은 기분이다.

"내 자취방에 가자."
"남자 방은 싫어."
"왜?"
"당하는 기분이야. 남자 냄새도 싫고."

보통 내기가 아니다.
김백수 정도의 아마추어는 가지고 놀 판이다.

"내 친구 집에 가."

강민혜가 문자를 보낸다.
한글이 아니고 영어다.
금방 회답이 온다.

"됐어, 가."

강민혜가 일어서 돈 계산을 한다.

김백수가 선수를 뺏겼다.

두 사람은 택시를 타고 한남동 외국인 거주지 지역으로 간다.

"여기가 어디야?"
"우리 꽈 학생. 뉴질랜드 아이인데 지금 비었으니 들어가서 쓰래."

김백수는 그냥 따라 들어간다.
약간 주눅이 든다.
외국인 전용 임대 아파트 5층.
강민혜가 현관 번호키 버튼을 누른다.
문이 열린다.
창문이 넓어 실내가 환하다.
소파와 미니바 같은 것이 보인다.
백색 가구가 정돈이 잘 되어 있다.
모두 고급처럼 보인다.

"와, 이런 집은 비싸겠다."
김백수가 감탄한다.

"걔 아버지가 뉴질랜드 갑부야. 우리 아빠는 일생 벌어 모아도 이집 1년 집 세가 안 돼."
"이집 학생은 여자야?"
"아니, 남자야."
"너하고 사귄다는 아이야?"
"사귀는 것은 아니고 몇 번 데이트는 했지."

김백수는 진도가 어디까지 나갔느냐고 묻고 싶었으나 입을 열지 못한다.

"커피 오어 와인?"
"와인."

강민혜가 와인 잔 두 개와 병을 들고 와서 붓는다.

"치어스."
"치어스."
와인 잔이 부딪치며 챙그렁 소리를 낸다.
"샤워 좀 하고 올게 마시고 있어."
강민혜가 욕실로 들어간다.

금방 샤워 하는 물소리가 들린다.
김백수는 물소리만 듣고도 강민혜의 벗은 모습을 떠 올린다.
몇 번이나 상상하던 나신이다.
김백수의 페니스가 빳빳해진다.

"아이 시원해."

강민혜가 벗은 몸에 타월로 가슴과 아래 헤어만 간신이 가리고 나온다.
물기에 젖은 어깨와 목이 촉촉해 보인다.
김백수는 자꾸 침이 넘어간다.

"백수도 샤워하고와. 너무 뜨겁게 틀지 말고."

"어, 그래."

김백수도 욕실로 들어간다.
욕실이 넓어 옷을 벗어 거는 곳이 따로 있다.
대형 거울이 여러 곳에 달려있다.
샤워 하는 곳과 토일렛 있는 곳이 구분되어 있다.
김백수는 옷을 벗어 건다.
강민혜의 옷과 팬티도 그곳에 있었다.
옅은 보라색 팬티가 강렬하게 김백수의 욕정을 자극한다.
김백수가 샤워기를 틀었다.
쏴아 하고 쏟아지는 물줄기가 김백수의 가슴을 거쳐 페니스를 힘차게 때린다.
공연히 서 있던 페니스가 물벼락을 맞는다.

17. 여교수의 기습

김백수가 뉴질랜드 유학생의 아파트에서 헤비 스킨십과 더 진한 데이트를 하고 있는 동안 한영빈은 인류학 여교수 G 교수의 방에서 일본 교토 출장 준비를 한다.

"교수님 노트북 가지고 가십니까?"

"물론, 혹시 모르니까 내가 발표할 논문 USB에 담아 놓아. 그리고 메일로도 쏘아 두어. 혹시 USB 문제 생기면 불러서 해야 하니까."
"포인터도 가져가야죠."
"당근이지. 그건 모두 같은 가방에 넣어 두어요."

G 교수는 깐깐하기로 유명한 교수다.

결혼 한 달 만에 이혼한다.
이유는 성격 차이라고 하지만 소문은 다르다.
G 교수는 레스비언이라서 스스로 이혼을 선택했다고도 한다.

이튿날 한영빈은 교수를 따라 교토에 도착한다.
자기 옷을 넣은 여행 백 한 개와 교수의 자료와 노트북 등을 넣은 작은 여행 백한개 등 두개의 여행 백이 한영빈 몫이다.

한영빈은 전에 있던 선배 조교가 출장을 앞두고 갑자기 그만 두었기 때문에 출장 전날 조교가 되어 조교 첫 업무가 출장이다.

국제 회의는 바빴다.
한영빈은 다섯 명의 발표자 중에 하나로 예정된 G 교수가 발표를 하는 동안 곁에서 내내 긴장한다.
무사히 발표가 끝나고 주최 측에서 마련한 간단한 환영 파티에 참석한다.
싱거운 파티도 금세 끝난다.
한영빈은 너무 긴장한 탓인지 피곤하다.

"배고프지? 우리 호텔 1층 간이식당에 가서 라면이나 먹자."
"예."

한영진은 아무리 피곤해도 배가 고파 빨리 가고 싶다.
한국 라면 보다 훨씬 맛이 없다.
저녁을 먹고 난 다음이 문제였다.
G 교수와 한영빈은 한 방으로 배정이 된다.
방안에 들어서자 트윈이 아니고 더블베드가 눈에 들어온다.
"선생님, 방이 잘 못 배정 된 것 아닐까요?"

한영빈이 물었으나 교수는 빙긋 웃는다.

"잘 되었네. 둘이 신혼 기분 한 번 내자."

"예?"

한영빈이 눈이 둥그레 진다.

"운영본부에 가서 바꿔 달라고 할까요?"

국제 세미나 운영본부가 호텔 1층에 있다는 것을 알고 있는 한영빈이 말한다.

"아니, 그냥 둬. 뭐 그렇게 번거롭게 하는 것 일본 사람들 싫어해."

G 교수는 들은 척도 않고 옷을 척척 벗어서 옷장에 건다.

금세 올 누드가 된다.

가무잡잡한 몸매가 탄력 있어 보인다. 전혀 살이 오르지 않았지만 유방과 히프는 완숙한 여인의 매력이 넘친다.

마흔 후반이지만 나이보다 훨씬 젊어 보인다.

매혹적이다.

그런데 이상한 것은 있어야 할 곳에 헤어가 한 올도 없다.

배꼽 밑에 팽팽한 삼각지역, 있어야할 털이 한 올도 없고 깨끗하다.

교수는 올 누드를 한영빈 앞에 드러내고도 조금도 서슴없다.

팔을 휘저어 보기도 하고 다리를 벌렸다 오므렸다 운동도 한다.

두 손으로 자기 젖을 받쳐 들고 거울 앞에 서서 감상하기도 한다.

한영빈을 완전히 투명인간으로 취급한다.

한영빈은 당황스러워 아무 말도 못하고 가만히 서 있다.

"샤워 좀 할게."

교수는 운동을 잠깐 하고 난 뒤 샤워실로 들어간다.
그제야 한영빈은 겉옷을 벗는다.
브래지어를 풀어 여행 가방에 개서 넣는다.
스커트도 벗고 잠옷은 꺼내 입는다.
호텔 옷장에도 잠옷이 두벌 있었다.
그러나 남녀용이었기 때문에 교수가 여자용을 쓰도록 두고 자기는 가져온 것
을 입는다.

"영빈!"

샤워 실에서 교수가 부른다.

"예, 교수님."
한영빈이 샤워 실 앞으로 간다.
도어가 반쯤 열려있다.

"교수님, 부르셨습니까?"
"응, 들어와, 옷 벗고 들어와, 등 좀 밀어줘."

뭐 이런 주문이 다 있어?
나를 하인이나 때밀이로 보는 것인가.
한영빈은 기분이 나쁘다.

"빨리 들어와요."

에라 모르겠다.

한영빈이 잠옷과 팬티를 벗고 욕실 안으로 들어간다.

G 교수가 샤워기의 물을 틀어 전신을 맡기고 서있다.

"내 등 비누 칠 해서 좀 밀어주어. 가려워 죽겠어."

한영빈이 걸어 들어간다.

"영빈이 몸매 굉장한데. 액설런트!"

교수가 엄지손가락을 치켜 보인다.

한영빈은 같은 여성이지만 부끄러워 음부를 손으로 가리고 들어간다.

교수가 돌아서서 등을 내민다.

한영빈이 우선 자기 몸에 물을 묻힌 뒤 교수의 등에 비누칠을 한다.

살갗이 부드럽다.

매끈한 탄력이 느껴진다.

"아이 시원해. 손바닥이 참 부드럽구나."

"가려운 데가 어디예요?"

한영빈이 빨리 긁어주고 끝내려고 묻는다.

"영빈이는 사귀는 사람 있나?"

엉뚱한 말이 돌아온다.

"예."

한영빈은 김백수를 떠 올리며 대답한다.

"남자야?"

아니 여자 보고 애인이 남자냐고 묻다니. 무슨 뜻인가.

"잘 생긴 남자겠구나. 너처럼 예쁜 몸매면..."

G 교수가 갑자기 돌아서며 한영진의 맨 몸을 덥석 껴안는다.
입술에 번개같이 키스를 한다.
갑자기 일어난 일이라 놀란 한영빈이 피하지도 못한다.
출장 첫날부터 여자 교수의 욕실 기습이다.

18. 여교수의 손길

"교수님"

한영빈이 당황해서 엉거주춤한다.
그러나 다시 몸을 교수가 하는 대로 내버려둔다.

"내가 닦아줄게."

교수는 한영빈의 몸을 닦아준다는 핑계로 만지기 시작한다.
처음에는 얼굴을 쓰다듬다가 손이 밑으로 내려온다.
점점 내려와 유방을 만진다.

"어쩜 이렇게 동그랄까? 컴퓨터가 그린 원 같아."

교수는 젖을 손바닥으로 쓰다듬는다.
손은 더 밑으로 내려간다.
아랫배를 쓰다듬다가 거웃을 만진다.

한영빈은 더 참지 못하고 몸을 비틀고 돌아선다.

욕실을 나간다.

'레스비안이 틀림없어.'

혼자 중얼거린다.

벗었던 잠옷을 다시 입는다.

팬티와 브래지어는 하지 않는다.

그러나 이상하게도 교수의 손길이 닿은 부분에서 야릇한 쾌감을 느낀다.

김백수의 손길과는 또 다른 자극이 분명하다.

교수는 혼자 샤워를 마치고 나온다.

타월로 아랫도리만 가렸다.

풍만한 유방이 덜렁거린다.

체구에 비해 어울리지 않게 너무 커 보인다.

혐오감이 들려고 한다.

"맥주 한 잔만 더 할까?"

교수가 만족한 웃음을 보이며 말한다.

한영빈은 냉장고에서 캔 맥주를 꺼내 잔에 붓는다.

교수는 침대에 걸터앉아 맥주잔을 받는다.

한영빈은 소파에 앉아 맥주를 들이킨다.

시원하고 짜릿하다.

"영빈이의 바디는 완벽해. 남자만 차지 하기는 너무 아까워."

교수의 말을 한영빈은 이해하지 못한다.

"남친이 좋아하지?"

한영빈은 웃기만 했다.
교수가 걸터앉았던 침대에서 일어선다.
앉아 있는 한영빈 앞으로 걸어온다.
손을 내민다.

"이젠 자야지."

한영빈의 손이 저도 모르게 교수 앞으로 나간다.
교수는 한영빈의 손을 잡고 침대로 데리고 간다.
침대 시트를 확 걷어내 버린다.
한영빈을 침대에 눕힌다.
교수도 한영빈 곁에 나란히 눕는다.
교수는 아랫도리에 감고 잇던 타월을 벗어서 침대 밑으로 던진다.
다음에 한영빈을 끌어안는다.
한영빈은 그렇게 싫지 않아 가만히 있다.
교수가 한영빈의 잠옷을 훌렁 걷어 올린다.
한영빈은 더 참지 못하고 교수의 손을 가만히 밀어낸다.

"내가 기분 좋게 해줄게. 가만히 있어봐."
"됐어요."
한영빈이 다시 손을 밀어낸다.

"알았어요."

교수가 한영빈의 몸에서 손을 뗀다.
그러나 일분도 되기 전에 교수가 다시 한영빈을 끌어안는다.

"영빈이는 여자끼리 하는 사랑을 어떻게 생각해?"
"육체적 사랑은 생각해본 일이 없어요."
"동성끼리의 사이에서 진짜 사랑을 찾을 수 있다는 것을 나도 나이 든 뒤에 알게 되었어."
"교수님은 동성애자이신가요?"

"다른 사람들이 그렇게 말 할 수도 있어."
"저한테 바라는 것이 뭐예요?"

한영빈이 일어나 앉으며 말했다.
"동성끼리의 사랑이 얼마나 우리가 바라던 것인가를 알려주려는 거야."

한영빈은 레스비안이라는 말을 듣기는 했으나 실제로 어떻게 그런 행위가 성립 될 수 있는가 하는 데는 의문을 가지고 있었다.
여자끼리 유방을 애무하고 성감대를 자극하고 입을 맞추고 하는 것은 할 수 있다고 치자.
그러나 어떻게 섹스를 한단 말인가?
만약 섹스가 없는 사랑이라면 그게 무슨 재미가 잇겠는가 하는 의문을 가지고 있다.
한영빈은 여자끼리 포옹하고, 키스하고, 어루만지고, 유방을 애무하고, 입으로 희롱하고, 손으로 자위하듯 서로의 성기를 애무하고 … 그런 것이 레스비안의 전부라면 그것은 팥 없는 팥빵일 뿐이지 않다고 생각한다.

오늘밤 레스비언의 종착지가 무엇인지 알아보고 싶은 호기심이 슬며시 일어난다.

"교수님은 제가 좋아요?"

한영빈이 거부감을 감추고 묻는다.

"왜? 나한테 관심이 있어?"

교수는 금방 태도가 바뀐다.
한영빈의 몸을 더듬는다.
손이 한영빈의 아래로 서슴없이 들어온다.
그러나 한영빈은 무릎을 오므리고 열어주지 않는다.
머릿속에 '자취방 협약 제1조'가 갑자기 떠오른다.
최후의 성을 지켜야하는 것은 남자한테서나 여자한테서나 마찬가지라고 생각한다.
한영빈의 샘을 공격하려던 교수의 손은 몇 번 시도하다가 한영빈이 완강하게 허락을 하지 않자 포기하고 손을 다른 곳으로 옮긴다.
배와 허벅지를 쓰다듬기 시작한다.
한영빈의 젖을 입으로 애무하기 시작한다.

'이런 건 분명히 성 추행에 속하지. 참고 있어야 하나? 좀 더 겪어보자. 그렇다. 호기심도 풀고 자료 수집도 하는 거다.'

한영빈은 이런 생각을 하며 참는다.

교수는 이제 동의를 얻었다고 생각하는지 한영빈의 잠옷을 벗긴다.

한영빈은 가만히 있었다.

두 사람은 이제 완전히 나신이 되어 침대 위에서 엉긴 모양이다.

누가 봐도 레스비언 섹스의 한 장면이다.

교수가 한영빈의 손을 끌어다가 자기 유방에 가져다 댄다.

한영빈의 손에 물컹한 살덩이가 닿는다.

어떤 성적인 감촉도 느낄 수 없다.

그러나 교수의 다음 행동을 유도하기 위해 만져준다.

교수의 숨결이 거칠어진다.

이번에는 한영빈의 손을 끌고 간다.

19. 처음이라서

한영빈은 자기 손을 교수가 이끄는 대로 가만 둔다.

그러나 손을 자기의 뿌리친다.

징그럽다.

태어나서 여자의 몸을 자기 것 말고는 만져 본 일이 없다.

한영진이 손을 뿌리치자 교수는 처음에는 더 강요하지 않는다.

자기 손으로 자기를 만진다.

"영빈이는 동성애, 아니 레즈비언, 아니 성소수자에 대해 어떻게 생각해?"

G 교수가 한영빈에 대한 작업을 중단하고 혼자 자기 성기를 만지면서 옆에 누워있는 영빈에게 묻는다.

"생각해 본 일이 없어요."

"어떤 성 전문 학자의 통계를 보면 여자의 65%는 레즈비안을 긍정적으로 본다는 발표가 있어."

"글쎄요. 저는 한 번도 생각하지 않았어요. 어쩐지 불결한 느낌이 들어요."

한영빈은 솔직하게 답한다.

"일찍 깬 여성들은 레즈비안을 성생활의 대안으로 인정해. 프랑스의 앙뜨와네뜨 왕비는 남편이 있어도 여자를 사랑했어. 루즈벨트 대통령 부인인 엘레나 루즈벨트도 동성애자였지."

"왕비의 그런 일을 왕이 용서 했을까요?"

"세종 임금의 며느리, 즉 문종왕의 세자시절, 세자빈 봉씨는 여자 노비인 소쌍이라는 여자와 육체적 사랑에 빠져 폐출되는 징벌을 받았지만, 이건 잘 못 된 예에 불과해."

"지식인이나 인류의 모럴을 숭배하는 여성 중에도 레즈비안이 있어요?"

"백의 천사로 유명한 나이팅게일도 레즈비안 사랑에 실패하고 간호사가 되었다는 설도 있어. 저명한 작가 버지니아 울프도 레즈비안이었대."

"테임스 강에 투신한 작가 말이죠?"

"자기를 존중하는 일, 자존감이 있는 여자는 레즈비안을 자랑스럽게 생각해."

"그러나 아무래도 여자는 남자와 사랑을 나누는 게 좋을 것 같아요."

한영진의 마음은 움직이지 않는다.

한영진은 앞으로 더 진한 요구를 해올 텐데 어떻게 할까를 생각한다.

G 교수가 이런 여자인줄은 몰랐다.

강민혜는 G 교수가 몸을 만지고 손을 대는 것 까지는 참기로 했으나 자기 손을 끌어다가 거기에 집으려고 하는 것은 참을 수가 없다.

G교수는 침대에서 내려간다.

이제 강민혜를 공략하는 일을 포기 하는가 싶다.
교수는 자기 백을 뒤지더니 포장된 길죽한 물건을 가지고 온다.
교수가 포장 속 물건을 꺼낸다.

"어마!"

한영진이 깜짝 놀란다.

성인 사이트에서나 가끔 보고 찔끔하게 생각했던 남성 모의성기다.
실물을 보는 것은 처음이다.

"그거, 딜도라는 것 아니예요?"

한영빈이 어디선가 읽은 이름이 기억난다.
엄청 크고 흉물스럽다.

"이건 딜도가 아니고 바이브레이터라고 하는 거지."
"바이브레이터?"
"맞았어. 딜도와 비슷하게 생겼지만 딜도는 동력이 없는 물건이고 이것은 전지로 떨림을 일으키는 물건이란 것이 다르지."
"그걸 어떻게 사용하는데요?"
한영빈은 갑자기 호기심이 일었다.

"여성의 몸을 자극하는데 쓰기도 하지."

G가 그것을 들고 와서 한영빈 곁에 눕는다.
그것을 한영빈의 손에 넘겨준다.

"나한테 대고 스위치를 눌러봐"
"싫어요."

한영진은 날만 새면 조교 질 사표내고 서울로 돌아가야 한다고 생각한다.

이런 일은 오늘 밤 하루로 그치지 않고 한 번 시작하면 수시로 그런 짓 함께 하자고 할 것 아니가?

"그러면 내가 해줄게."

G가 딜도를 옆에 누워있는 한영빈에게 들이댄다.
스위치를 누르자 진동을 하기 시작한다.
그냥 진동만 하지 않고 꿈틀거리면서 진동한다.
크게 소리는 나지 않지만 너무 징그럽다.

"어마! 치워요."

한영빈이 기겁한다.
그러나 G는 웃으면서 한손으로 한영빈의 가슴을 누르고 그것을 들이댄다.
한영진이 벌떡 일어난다.

"교수님, 싫어요. 억지로 이러지 마세요."

"처음이라서 그렇지, 겁낼 것 없어. 성의 새로운 독자적 세계를 열어야 해. 남자에 의존하는 성, 이제 억압에서 벗어나야 할 때야."

G는 마치 동성애의 전도사처럼 집요했다.
한영빈은 더 참을 수 없다고 생각하고 벌떡 일어났다.
침실 구석 탁자위에 있는 자기 핸드폰을 들고 왔다.

"사진 찍을 거예요."

한영빈이 핸드폰의 카메라를 연다.
벌거벗고 누워서 바이브레이터를 들고 있는 교수의 모양을 여러 번 찍는다.

"너, 지금 무슨 짓이야?"

G가 벌떡 일어난다. 얼굴이 분노로 일그러진다.

"저한테 그걸 자꾸 강요하면 이 사진을 학교 게시판에 올릴 거예요."
"뭐라고? 너 미쳤냐?"
"아뇨. 교수님이 자꾸 강요하면 참지 않겠어요."
"알았어, 나하고 더 일하고 싶다면 그 사진 지워."

G 교수나 벌떡 일어나 침대 밑으로 내려온다.

한영빈의 팔을 잡고 핸드폰을 빼앗으려 한다.
한영빈이 뺏기지 않으려고 팔을 위로 올리고 버틴다.

심야. 일본 교토 호텔 객실.

 벌거벗은 두 여자, 한 여자는 모의성기, 한 여자는 핸드폰을 들고 엉겨 다투는 진풍경이 벌어진다.

20. 절정 직전에

"뭐해? 빨리나와."

강민혜가 재촉한다.

김백수는 충분히 발기한 페니스를 슬쩍 건드려본다.

거울을 본다.

물에 젖은 전신이 늘씬하고 파워풀하게 보인다.

180의 키에 72 킬로그램의 체격.

늘름한 어깨.

식스팩에 가까운 배의 근육.

울창하고 새까만 음모의 숲.

그 속에서 우뚝 솟은 페니스.

거울은 거짓말하지 않는다.

거울은 과장하지 않는다.

김백수는 작은 타월로 허리부분만 빠듯하게 가리고 욕실에서 나온다.

강민혜가 올 누드로 침대에 누워서 발을 쳐들고 자전거 타듯 허우적거린다.

요가 자세인가.

허벅지 사이로 여자의 숲이 잠깐 잠깐씩 보인다.
강민혜는 욕실에서 나온 김백수를 보고 미소를 던진다.
짜릿하다.
김영애보다 확실히 더 예쁘다.
더 섹시하다.

"어마나. 굿, 액설런트!"
"뭐가?"
"유어 바디."

김백수는 칭찬을 받자 흐뭇해진다.
허리에 둘렀던 작은 타월을 휙 집어던진다.

"와! 비우리풀. 김백수, 김백수, 김백수, 선수입장."

강민혜는 박수를 짝짝짝 친다.

"빨리 와요."

강민혜가 다리 운동을 멈추고 두 팔을 벌린다.
김백수가 침대를 덮친다.
강민혜의 몸 위에 자기 몸을 포갠다.
"강민혜."
"응?"
"나하고 이러고 싶었지?"

"피이, 아니야."

"아니면 뭐야? 대답 하지 마!"

김백수는 자기가 물어놓고 대답을 못하게 강민혜의 입을 막아버렸다.

오른손으로 강민혜의 목을 받쳐 들고 격렬하게 입술을 빤다.

강민혜의 혀가 김백수의 입안으로 들어온다.

입안을 마음대로 헤집고 다닌다.

강민혜의 콩닥콩닥 뛰는 심장이 김백수의 가슴도 느낀다.

배와 배. 가슴과 가슴. 헤어와 헤어, 이렇게 맞붙은 두 사람은 서로 황홀한 상대의 육체를 마음껏, 감미롭게 음미한다.

정력적인 키스가 끝나자 김백수가 고개를 들고 강민혜를 내려다 본다.

불타는 눈빛이 여자를 삼킬 듯이 이글거린다.

"쌩얼이 훨씬 더 예뻐."

"딴 아이도 그랬어."

'딴 아이?'

김백수는 잠깐 헷갈린다.

이 여자는 내가 몇 번째 남자일까?

그러나 물어 볼 수는 없다.

김백수는 손으로 강민혜의 젖무덤을 부드럽게 애무한다.

촉감이 너무 좋다.

조그만 젖꼭지가 고개를 들고 애무하는 김백수의 손바닥을 간질인다.

김백수는 입으로 살짝 문다.

"아얏!"

강민혜가 깜짝 놀란다.
너무 세게 물었다.

"무슨 애기가 젖을 그렇게 빨아."
"미안, 태어나서 처음 빨아서 그래."

간민혜는 손을 뻗어 김백수의 등을 쓰다듬는다.

"등이 엄청 두꺼워. 믿음직해."
"다른 것도 두꺼워."
"봤어."

강민혜가 갑자기 김백수의 페니스를 움켜쥔다.

"나도 젖 좀 먹을 거야."
강민혜가 일어난다.
김백수의 하체로 얼굴을 가져간다.
얼굴을 김백수의 두 다리 사이에 묻는다.
한 입에 넣는다.

"으흐흐."

김백수가 입에서 비명 같은 탄성을 지른다.

몸이 꿈틀 거린다.

참을 수 있을까.

그러나 위험 선을 귀신같이 안 강민혜가 작업을 멈춘다.

입을 배꼽으로 옮긴다.

다시 위로 올라온다.

가슴을 혀로 핥기 시작한다.

"아이고 간지러워 죽겠다."

김백수는 가슴에도 성감대가 있다는 것이 신기했다.

"이번엔 나한테도 기회를 주어."

김백수가 일어나서 강민혜를 반듯하게 눕힌다.

허리를 굽혀 입으로 강민혜의 목을 핥는다.

혀가 날렵하다.

"으으."

"목에도 성감대가 있구나."

김백수의 입과 혀는 밑으로 내려간다.

발가락을 입에 살짝 물고 자근자근 씹는다.

'훙으, 흐으.'

강민혜가 괴성을 낸다.

김백수는 허벅지 안쪽을 핥기 시작한다.

강민혜가 히프를 들썩이기 시작한다.

마치 통증을 참으려고 애쓰는 사람 같다.

김백수의 입은 점점 샘으로 가까이 간다.

입구에서 샘을 건너뛴다.

황소가 된다.

숲에서 풀을 뜯기 시작한다.

강민혜의 히프가 더욱 꿈틀댄다.

한참동안 풀을 뜯던 황소의 혀는 샘으로 물을 마시러 간다.

샘가를 혀로 더듬는다.

"허억."

강민혜가 마침내 크게 신음을 토한다.

더 못 참겠다는 신호다.

"백수야. 제발, 항복, 항복."

"항복은 너 네 교수한테나 받아."

"나쁜 자식."

"누구? F 교수? 나?"

"둘 다야."

"ㅋㅋㅋ."

김백수가 다시 강민혜 위에 올라간다.

강민혜가 두 다리를 활짝 열어준다.

김백수의 심벌이 아무 도움도 받지 않고 혼자 성으로 입성한다.

"흐읍!"

강민혜가 숨이 칵 막힌다.
몸의 중심에서 일어난 충격이 뇌로 전달되고 뇌는 그 충격을 환희로 바꾸어 허벅지를 타고 내려간다.

"와, 넘 좋다."

김백수가 강민혜를 으스러지게 껴안고 허리 운동을 서서히 시작한다.
두 사람의 숨결이 점점 빨라진다.
방안은 뜨거운 열기로 가득 찬다.

"우리는 뭐지?"
갑자기 강민혜가 이상한 질문을 한다.
절정을 향해 치닫는 순간, 김백수의 행동이 멈칫한다.

21. 프로와 아마

"우리가 뭐냐고?"

"응"

"백수와 민혜지 뭐긴 뭐야."

"오빠는 한영빈이 있잖아."

"너도 남친 있다며?"

"응, 있긴 있는데 썸타는 사이는 아니야."

"그럼, 섹스도 안 해?"

"가끔, 근데 영 아니야. 2분도 못 견뎌."

"ㅋㅋㅋ, 토끼구나."

김백수가 멈추었던 피스톤 운동을 갑자기 빠르게 시작했다.

"영빈이는 그레코 로망이야."

"그레코 로망? 레슬링?"

"응. 하체는 파울 이래. 협약서 까지 있어."

"협약서?"

"웅, 자취방 협약 제1조."
"그게 먼데?"
"아무리 헤비 스킨십을 해도 삽입은 금지."
"ㅋㅋㅋ."
"우리도 공평하게 하자."
"어떻게?"
"누가 위에 올라가지 말고 나란히 앉아."

강민혜가 일어나 앉았다.

"둘이 앉아서 하는 거야."

강민혜가 김백수를 무릎을 펴고 두 다리를 죽 뻗고 앉게 했다.
그리고 자신이 김백수의 허벅지에 걸터앉아 김백수의 목을 껴안았다.
강민혜는 팔 힘과 허리힘으로 상하 운동을 시작했다.
김백수는 운동에 맞장구를 쳐 주었다.

"내 남친은 나를 엎드리게 하고 뒤에서 강아지처럼 덤벼. 내가 암캐가 된 것 같아 몸씨 기분 나쁘더라고. 섹스가 아니라 수모를 주는 거야. 이렇게 나란히 앉아서 하면 얼마나 공평하고 즐거워. 서로 얼굴 보면서, 남자가 오르가즘에 도착 할 때의 표정은 정말 볼만해. 인생의 고해와 절정을 보는 것 같아."
"섹스 하다가 철학자 되겠다."
"허어, 헉."

강민혜가 갑자기 몸부림치기 시작한다.

김백수의 목을 잡아당기며 숨이 끊어지는 것처럼 입을 딱 벌린다.
김백수도 마침내 외마디 비명과 함께 절정을 맞는다.

두 사람은 마라톤 풀코스를 뛴 것처럼 늘어진다.
서로 등을 대고 침대위에 쓰러져 꼼짝도 못했다.
한참 만에 일어난 강민혜가 냉장고에서 캔 맥주 두 개를 가지고 온다.

"운동하고 난 뒤의 찬 맥주 맛은 천하일품."

강민혜는 어느새 옷을 갖추어 입고 있다.
김백수도 부스스한 얼굴로 욕실부터 들어가 샤워를 하고 큰 타월로 몸을 감싸고 나와 소파에 앉아 맥주를 받아 들었다.

"강민혜, 야, 너 대단하더라. 시집가면 신랑 혼줄 깨나 나겠더라."
"백수도 경험이 별로일 텐데 준수했어."
"추카!"
"추카!"

두 사람은 캔을 마주치며 '추카'를 외친 뒤 단숨에 벌컥벌컥 마신다.
운동 뒤의 맥주 맛이었다.
"편의점 사장과 303호는 그 뒤에 어떻게 되었을까?"
"남자가 공무원이니까 과격한 추궁은 못했을 거야. 몇 번 큰 소리 치며 싸우다가 이웃이 알까봐 쉬쉬했을 거야."
"총리실 풍기 단속 팀 팀장이 자기 집 풍기단속도 못했네."
"하긴 편의점 사장이 벌 받아야지 아줌마는 사랑한 죄밖에 없잖아."

"요즘은 간통도 죄가 안 돼."

"너희 교수는 어떻게 되었을까?"
"지난 주 새 조교가 생겼다는데."
"소문났는데도?"
"일부러 그런 걸 좋아하는 조교 지망생도 있어."
"한영빈이 당한 공장 조 사장인가는 어떻게 해야 하지?"
"알복에 올라온 아이디어는 다 살펴봤어?"

강민혜가 맥주를 다 마시고 소파에 앉아 화장을 하면서 말했다.

"아이디어가 거의 실천 불가능한 것들이야."

김백수도 옷을 입으며 대답했다.

"조무식 사장은 또 다른 알바를 뽑아 희롱하고 있을 것 아니야?"
"알복에 올라온 아이디어가 모두 황당한 것은 아니야. 괜찮은 것도 있어."
"그래서 내가 하나 생각해 놓은 것이 있는데 돈이 좀 들기는 해. 다 준비되면 알려 줄 게."
"한영빈은 일본 세미나에 가서 재미있게 지내겠지? 알바도 그런 일만 있으면 할 만 하겠는데 말이야."
"여자 교수라고 했지? 여자 교수 밑에서 여자 알바하기가 더 힘 든다고 해."

두 사람은 남의 호화 아파트에서 즐거운 한대를 잘 보내고 찢어진다.

"가끔 기회를 줄게."

강민혜가 찢어지면서 한 말이다.
김백수는 한영빈과는 전혀 다른 면을 강민혜한테서 찾았다.
그러나 한번 겪고 나니까 장단점이 없는 것이 아니었다.
마치 무슨 게이 바에 노력봉사 강요당한 청년 같은 느낌이 없는 것도 아니었다.

이튿 날.
한영빈의 전화가 온다.

"어? 영빈아. 일본이냐?"
"일본은 무슨. 집이야."
"언제 왔어? 잼 있었어?"

괜히 수다를 떤다.
강민혜와 논 것이 쩔려서 위축된 감정을 감추려는 숨은 심리 대문 일까?
"재미는 무슨? 아니 재미라면 잼 일수도 있어. 중간에 조교 집어치우고 도망 왔어."
"뭐야?"
"차라리 남자 교수가 나아. 나아, 기가 막혀."
"빨리 나와. 브런치 먹으며 이야기 하자."
"알았어. 홍대 앞 만두집에 와."

얼마 뒤 두 사람은 홍대 역에서 나와 쬐끄만 만두집에서 만난다.

"한영빈."

며칠 못 본 것이 몇 달 못 본 것 같았다.
강민혜를 겪고 나니까 이번엔 한영빈이 예뻐 보였다.

"그래 왜 집어치웠어?"
"말도 마. 변태야. 여자 변태."
"뭐라고?"

22. 얼짱 알바 모집

김백수는 한영빈으로 부터 여교수와 교토의 하룻밤 이야기를 듣고 황당한 기분이다.

"아니, 처음 만난 조교한테 그런 짓을 요구했단 말이야?"
"말만 듣던 레스비안 실상을 본거야."
"만난 김에 같이 재미 좀 보지 그래."
"무슨 소릴 하는 거야. 내가 변태야?"
"레스비안이 꼭 변태는 아니지. 성소수자일 뿐이야. 독신주의가 변태는 아니듯이."

한영빈이 김백수의 어깨를 쥐어박는다.

"농담이야 농담. 남자 조교를 안 쓰는 이유가 있구먼."
"동성애자들은 대개 짝꿍이 있는데 그 여자는 외톨이였나?"
"하루 근무하고 말았으니 일당 받기는 글렀지?"
한영빈이 웃으면서 말한다.

“자고나서 떠날 때, 교수는 황당했겠는데.”

“내가 황당했지. 갈 데가 없고 비행기 표가 없어 서울로 오는 것도 막막하고.”

“그랬겠다. 그래 어떻게 왔냐?”

“역 앞에 갔더니 뒷골목에 싸구려 아침을 파는 데가 있었어. 정말 너무 싸. 우리 돈으로 천 원 정도 주면 아침 상 차려주어. 거기서 아침을 먹고 기차를 타고 오사카로 갔지. 거기서 무작정 공항에 가서 아세아나 항공 지점을 찾았지.”

“그래서?”

“한국 직원 만나 오늘 서울 가야한다니까 일단 웨이트 명단에 넣어주더라고. 한 시간 만에 좌석이 있어 돌아 온 거야.”

“일단 ‘알복’ 에 글을 올려. 복수 아이디어가 쏟아질 거야.”

“피자집에 가서 점심 먹고 조무식 사장이 하는 공장에 가 보자.”

“점심〈 우리 브런치 먹은 것 아냐?”

김백수가 일어서면서 말한다.

조무식은 한영빈이 알바 할 때 탈의실 엿보던 치사한 과자 공장 사장이다.

두 사람은 삼성역 지하상가에 가서 피자를 먹는다.

전철을 타고 한영빈이 알바 하던 공장으로 간다.

“우리가 계획을 실천하기 좋은 곳을 잘 보아두자.”

둘은 공장을 한 바퀴 돌면서 내일 새벽에 거행할 복수 행사 장소를 잘 보아 둔다.

“내 자취방에 가서 라면이나 끓여 먹을까?”

“가면서 주문해 놓은 것 찾아 가지고 가자.”

김백수와 한영빈은 주문한 가게에 가서 내일 아침 6시 10분 까지 물건을 배달해줄 약속을 하고 돈을 지불한다.
 또 다른 가게에 들어가 주문한 물건을 담은 상자를 받는다.
 물건을 들고 김백수의 자취방으로 간다.

 "돈 좀 들었지?"
 "십오만 원 쯤 들었어. 하지만 쓰지 않던 체크카드를 좀 섰지."
 "직불 카드?"
 "응, 아빠한테 등록금 말고는 내가 벌어서 쓴다고 큰 소리 쳤기 때문에 돈 여유가 없었어. 요즘 알바를 못해서 힘들었거든. 그래서 할 수 없이 엄마가 아빠 몰래 준 체크카드를 한번 썼지."
 "한도가 얼만데?"
 "좀 많아."
 "얼마? 백만 원?"
 "아니."
 "그럼 이백만 원?"
 "아니 좀 많아."
 "얼만데."
 "5천만 원."
 "어머!"

 한영빈이 입을 딱 벌린다.

 그런데 5천만 원씩이나 들어있는 체크카드를 가지고 있으면서 시급 5천 원짜리 알바를 다니는 건 위선자가 아닌가.

"우리 아빠가 부자지 나는 부자가 아니잖아."

"너 참 대단한 아이다."

한영빈은 김백수의 생활 태도에 대해 감탄을 하면서도 바보 같다는 생각을 한다.

김백수의 자취방에 가서 한영빈이 방바닥에 퍼질고 앉아 TV 개콘 프로를 보는 동안 김백수가 라면을 끓인다.

라면의 구수한 스프 냄새가 한영빈의 코를 찌른다.

슬그머니 일어나서 거들려고 하지만 할 일이 없다.

두 사람은 냄비 채 들어다가 고양이 낯짝만 한 공부상에 얹어 놓고 맛있게 먹는다.

"벌써 11 시네. 나 오늘 여기서 잘 거야. 내일 새벽에 같이 가야 하잖아."

"여기서 잔다고? 이불이 하나 뿐이야. 싱글 침대고."

"괜찮아 내가 침대에서 잘 테니까 넌 방바닥에서 그냥 자."

"뭐라고?"

"자다가 침대위로 기어오르면 안 된다. 자취방 조약 제1조 잊지 마라."

"나를 시험에 들게 하지마라."

"나 양치질 하고 올게 자지 마. 스킨십 할 거야."

한영빈이 자취방 복도 끝에 있는 공동 세면실에 가서 세수와 양치질을 하고 온다.

그동안 김백수는 옷을 벗어 개켜 놓는다.

팬티 바람이다.

런닝셔츠는 아예 벗어버린다.

한영빈이 들어오자 안고 방바닥에 쓰러뜨린다.

입을 맞추면서 어제 강민혜와의 격렬한 섹스를 떠 올린다.

페니스가 부풀어 오른다.

김백수는 전과는 달리 절차를 무시하고 손을 한영빈의 팬티 속으로 무작정 집어넣는다.

손가락으로 진격을 시도 한다.

촉촉하다.

부드러운 살결이 손끝을 짜릿하게 자극한다.

"왜 이리 서둘러. 거긴 성역이야. 경고! 제1조 위반 하지 마."

한영빈이 허벅지를 꼭 붙여 김백수의 손을 거부한다.

김백수는 유방을 애무하며 참는다.

한영빈이 김백수의 심벌을 애무하며 위로한다.

이튿날 새벽.

첫 지하철을 타고 복수의 현장으로 간다.

아직 6시도 안 되어 주위가 어둑어둑하다.

"빨리 해야 돼. 사람들 나오기 전에."

김백수는 상자를 열고 둘둘 말아놓은 베로 만든 두루마리를 꺼낸다.

그 때 주문한 물건을 싣고 개인 용달차가 도착한다.

커다란 풍선을 내려놓는다.

수소인지 헬륨인지가 들어서 풍선이 하늘로 올라가려고 한다.

김백수와 나리는 풍선에 가지고 간 긴 플랜카드를 매단다.

1백 미터 밖에서도 보일만큼 긴 플랜카드다.

김백수아 한영빈은 서둘러 풍선과 플랜카드를 공장의 뒤쪽으로 가지고 간다.

집백수가 풍선의 끈을 공장 뒷문 문고리에 매단다.

이곳은 공장 직원들이 잘 오지 않는 후미진 곳이다.

풍선이 하늘 높이 올라가고 거기에 매달린 플랜카드가 펄럭인다.

글씨도 선명하게 보인다.

- 여자 알바 모집. 유방 크고 히프 섹시한 여학생 환영.- 조무식 사장백.

"우하하하."

"조무식 사장이 보면 얼마나 놀랄까."

"출근하던 행인들, 동네 사람들이 다 볼 거 아냐."

"생각만 해도 통쾌하다."

"공장에서는 금방 발견되지 않을 테니 동네 사람들이 얼마나 황당해 할까."

김백수와 한영빈은 하이 파이브를 하면서 밝아 오는 새벽길을 바쁘게 돌아갔다.

23. 섹시 알바 지망생

조무식 사장은 출근길에 그 희한한 플래카드를 물론 보지 못했을 것이다.
그러나 길을 지나다는 통행자들이나 출근하던 사원들은 보았을 것이다.
하지만 아무도 사장한테 저게 뭐냐고 묻지는 못하고 배꼽이 빠지게 웃었을 것이다.

"알복을 빨리 봐 사진 떴어."

집에 와서 한 숨 자고 있는 김백수에게 전화를 건 사람은 강민혜다.
김백수가 눈을 비비고 일어난다.
새벽에 일어나 작업을 하고 돌아와서 잠이 부족하다.

핸드폰을 열고 '알복' 사이트를 본다.
문제의 플래카드 사진이 올라와있다.
올린 사람은 아이디만 봐서는 누군지 알 수 없다.
어느 곳에 있는 무슨 과자 공장 건물 위에 떠 있는 기상천외한 알바모집 광고가 떠 있다는 설명이 달려있다.

곧 이어 댓글들이 올라오기 시작한다.

- 미친넘.
- 그 회사 사장 이름이 조무식이래.. 무식한 넘.
- 그 회사 알바로 들어가면 알몸 보여주고 특별 보너스 받는대.
- 그 회사 사장은 섹스 매니어래.
- 조무식 사장은 바람피운 여자가 열 명도 넘어 이혼 당했대.
- 사장은 성불구라서 보고 즐긴대.

네티즌들의 탐정 능력도 대단하다.
페이스 북과 카톡, 트위터를 보라는 안내 글이 올라온다.
김백수가 재빨리 사이트를 열어 본다.

- 지금 과자공장 홈페이지를 보라. 알바 지망 여자가 수십 명이다.

김백수는 복수의 반응이 폭발적인데 스스로 놀란다.

"난리 났어. 봤지?"

한영빈이 흥분해서 전화한다.
"응, 조무식 사장이 우리가 한 짓은 줄 알까?"
"어떻게 알거야. 혹시 알더라도 아는 체 할 수가 없을 거야."
"성추행으로 고소라도 당할까봐?"
"온 동네에 소문나 망신만 톡톡히 당하는 구면."

한영빈의 흥분된 전화가 끝나자 강민혜가 문자를 보내온다.

- 새 차를 샀는데 드라이브 하자.

 강민혜는 고등학교 졸업반일 때 아버지가 차를 사주었는데 남친과 강원도로 여행 갔다가 사고를 내고 면허가 취소당한 일이 있다.
 그런데 아버지가 다시 차를 사주었다고 한다.

- 어디서 만나?
- 30분 뒤 내가 니네 자취방 앞에 갈 테니 나와 있어.

두 사람은 김백수 자취방 앞 도로에서 만난다.

"새 차 산거야?"
"아니, 아빠가 중고차를 싸게 사서 준 거야. 치사하게 중고차가 뭐람."
"새 차 같은데. 차 이름이 뭐야?"
"국산 아니야. 프레미오라고 꽤 괜찮기는 해."

김백수가 운전사 옆자리에 앉았다.

"어딜 가는데."
김백수가 물었다.

"플랜카드 걸려있는 그 공장 구경하리."
"그래? 달리자."

두 사람은 신나게 과자 공장으로 달린다.
그러나 그들이 도착 했을 때는 이미 플랜카드가 철거 되고 없었다.

"어쩌지?"
"가만 있어봐."

강민혜가 차를 공장 옆 공장 전용 주차장에 세운다.

"들어가자."

강민혜가 김백수의 팔을 끈다.

"어쩌려고?"
"사장 어떻게 생겼는지 좀 보러가자."
"에? 뭐야."

"따라와, 내가 알바 지망생이야. 나 섹시하잖아."

두 사람은 회사 안으로 들어간다.
사장실 이라고 쓰인 조그만 문패를 보고 초인종을 눌렀다.
곧 문이 열리고 목이 짧은 남자가 내다본다.

"뭐야?"

조무식 사장이 틀림없다.

김백수는 뒤로 숨어버린다.

"조무식 사장님 뵈러 왔는데요. 중요한 용무가 있습니다."

사장이 강민혜의 아래위를 훑어보더니 들어오라고 한다.
강민혜가 문을 열고 들어간다.
조그만 회사라서 그런지, 공장이라서 그런지 사장실이 허술하다.

"거기 앉아. 나한테 용무가 있다고?"

강민혜는 일부러 블라우스 윗 단추를 풀어 유방 굴곡이 잘 보이게 한다.
사장이 눈여겨본다.

"앉아."

강민혜가 앉으면서 일부러 다리를 천천히 꼰다.
한쪽 다리를 포갤 때 번쩍 들고 스커트 속 사타구니를 감상 할 수 있는 기회를
준다.
사장이 침을 꿀꺽 삼킨다.

"아침에 공장 하늘에 나부끼는 여자 알바 모집 광고를 보고 왔습니다. 사장님
저 어때요?"

강민혜가 생글생글 웃으며 말한다.

"뭐라고? 너 누가 보내서 왔어? 그 장난 친 놈 누구야."

사장이 갑자기 고래고래 고함을 친다.

"채용하기 싫으면 말지, 왜 소리는 지르세요?"

맹랑하기로 치면 강민혜를 당할 사람이 없다.

"채용 안 해. 나가!"
"알았어요. 나는 사장님이 나 같은 얼짱, 몸짱 알아주는 줄 알고. 미녀 감상 전문간 줄 잘 못 알았네요. 실망이에요."

강민혜가 문을 잽싸게 열고 나와 버린다.
사장은 놀림감이 되었다는 것을 그제야 알고 주먹으로 책상을 친다.
밖에서 기다리던 김백수는 차에 타고 가면서 강민혜의 이야기를 듣는다.
김백수는 폭소를 터드렸다.

"잼 있으면 보답 해야지."
"보답?"
"응, 애무 좀."

김백수가 운전 중인 강민혜의 입에 키스를 한다.
손을 스커트 밑으로 넣는다.
강민혜가 다리를 벌려 김백수의 손이 쉽게 들어오게 돕는다.

"운전 중인데 괜찮아?"

김백수의 손이 강민혜 팬티 속을 헤집고 들어간다.

24. 강변 카 스킨십

김백수의 손이, 아니 정확히 말하면 손가락이 강민혜의 팬티를 헤집고 샘터에 도달했다.

"흐으~"

강민혜의 입에서 야릇한 신음이 흘러나온다.

"기분이 어때?"
"구웃."

그러나 강민혜 보다 더 기분이 야릇한 사람은 김백수다.
엉덩이가 저절로 꿈틀거린다.

"넌 피임약 먹니?"
"안 생겨."
"정말?"

"딴 소리 말고 더 열심히 해봐"

김백수가 강민혜의 스커트를 확 걷어 올리고 본격적으로 시작한다.
손을 빼서 다시 배꼽 밑쪽에서 집어넣는다.
샘으로 가는 길목에 풀밭을 만나 잠깐 노닥거린다.
까칠한 촉감이 짜릿한 맛으로 증폭되어 심장에까지 전달된다.

"거기 말고."

강민혜가 조급하다.
자동차가 강변도로로 들어선다.
강민혜가 차를 한강 둔치 쪽으로 돌린다.

"어디 가는 거야?"

김백수가 작업을 잠깐 멈추고 묻는다.

"한영빈이 당한 곳이 여기쯤 아닌가? 둔치에 가서 차를 잠깐 세워야겠어?"
"여기쯤?"
"조무식이 한영빈을 태우고 가서 성추행 하려고 하던 곳."
"거긴 왜?"
"차 잠깐 세우고 만져주려고."
"뭘?"
"네 꺼."

차가 강변 주차장에 멈춘다.

강민혜가 의자를 뒤로 180도 눕힌다.

김백수의 의자도 눕힌다.

운전석에서 버튼으로 조종이 가능하다.

강민혜가 몸을 옆으로 돌리고 김백수의 바지 버클을 푼다.

옆에서 남자의 허리 버클을 푸는 일은 쉽지 않은 데 강민혜는 서슴없이 잘한다.

남대문 지퍼를 내리고 바지를 옆으로 제친다.

팬티를 끄집어 내리자 풋풋한 녀석이 고개를 든다.

강민혜는 주저 없이 입에 문다.

"아후~"

김백수가 못 견뎌 비명을 지른다.

금방 강민혜의 입속에 발사 할 것 같다.

느낌을 받은 강민혜가 황급히 입에서 뱉어낸다.

페니스가 허공에서 힘자랑을 한다.

"ㅋㅋㅋ. 요것 좀 봐."

강민혜가 손가락으로 튕긴다.

"아얏!"

김백수가 진짜 비명을 지른다.

정말 아픈 모양.

손으로 움켜쥐고 얼굴을 찡그린다.
"굴밤이 너무 쎈가? 쏘오리."

강민혜가 사과한다.
잠시 침묵이 흐른다.
김백수는 다시 아무렇지도 않게 손가락으로 샘을 휘젓기 시작한다.

"호호호."
강민혜가 눈을 감고 즐긴다.
그 때 그들 차 옆에 지프차가 다가와서 선다.
지프는 좌석이 높으니까 승용차의 안이 들여다보인다.
강민혜는 하는 수 없이 의자를 제자리로 세우고 스커트를 내린다.
김백수도 지퍼를 올리고 버클을 맨다.
강민혜는 김백수를 자취방 입구까지 태워주고 돌아선다.

"우리 자취방에 갈까? 그냥 가도 괜찮지만…"

김백수의 뜻은 강가에서 중단 당한 섹스의 완성을 말한다.
그러나 강민혜는 리듬이 끊겨 안 되겠다고 그냥 떠난다.
김백수가 집에 도착 했을 때 듯밖에도 한영빈이 막 들어왔다.
같은 도래 여자를 데리고 왔다.

"G 여교수가 새로 뽑은 조교야. 인사해. 우리 오빠."

바지를 입은 여자는 고개를 꾸벅한다.

"양양신이예요."
"김백숩니다."

턱이 뾰족한 게 귀엽다. 그러나 코가 크고 목이 짧아 남자 인상을 준다.
레스비안 교수가 왜 얘를 뽑았는지 금세 알겠다.

"양양신씨, 내가 말더듬이 같네. ㅋㅋㅋ."
"커피 한잔 할래요?"

김백수가 일회용 커피를 타줄 생각으로 커피포트 스위치를 누른다.

"제건 여기 있어요."

양양신이 백 팩에서 커피 보온병을 꺼낸다.
자기 컵도 가지고 다닌다.
김백수는 봉지 커피 두개를 일회용 컵에 탄다.
하나는 한영빈에게 준다.
"복수 방법을 내가 생각해 냈거든."
"그래?"
"그래서 얘한테서 정보를 얻었어."

양양신은 한영빈의 중학교 동창이다.
조교 모집에 응시한 다섯 명중에 뽑혔다고 한다.

"그런데 얘한테는 나보다 훨씬 심한 요구를 했대."

"어떻게?"

양양신이 머뭇거린다.

"얘기해. 갑자기 부끄럼을 타냐."
"아냐, 얘는."

양양신이 얼굴이 약간 상기된다.

"대낮에 같이 놀재요."
"놀다니요?"

김백수는 알면서 모른 체한다.

"낮 시간에 문을 걸어 잠그고 옷을 벗재요. 그리고 모의 남성 성기를…"
"바이브레이터."
"아니야 딜도."
"그래서요?"
"그걸 가지고 와서 나보고 남자 역할을 하래요."
"그게 특이해서 허리에 차고 남자가 올라타고 하는 것처럼 하라고 했대요."

한영빈이 보충 설명을 했다.

"싫다니까, 내가 동성애인줄 모르고 왔느냐고 하면서 거부하면 졸업하기 어려
울 거라고 하더래요."

한영빈이 대신 설명했다.

"나쁘다."

"절대 용서 안 돼!"

세 사람이 다 흥분했다.

"그래서 복수 아이디어가 생각났어?"

김백수가 한영빈의 얼굴을 보고 묻는다.

강민혜만은 못하지만 한영빈은 한영빈대로 매력이 있다.

"내일이 복수 할 수 있는 날이야."

"왜 내일이야?"

김백수는 잔뜩 흥미가 돋아난다.

25. 사라진 여교수

"내일, 세계적인 인류학자가 우리 대학에 와서 강의를 하는데 G 교수가 소개와 사회를 하게 되어 있어요."

한영빈이 설명한다.

"세계적 인류 학자가 누군데?"

김백수가 물었다.

"제네비브 벨 박사라고, 호주 출신 여류 학자예요. 특히 IT와 인류에 관한 연구로 작년에 인류학자 100인에 뽑히기도 했어요."

"그런데?"
"내일 학교 대강당에서 교수와 과학 기자, 학생 등 5백 명이 참석해요. 시간은 오후 3시."
"과학 TV방송에서 현장 라이브 방송도 해요."

양양신이 말한다.

"그런데?"
"여기서 G 교수가 큰 실수를 하게 되어요."
"그래? 그럼 나도 가서 현장을 봐야지. 내차로 가자."

이튿날 11시 반.

한영빈이 김백수의 집으로 왔다.

"둘이 가는 거야?"
"아니, 양신이가 올 거야. 뭐 소품 준비하러 갔어."
"그럼 그동안 입 한번 맞추자."

김백신이 한영빈에게 키스한다.

"우리 결혼하면 니가 매일 이런 짓 하고 싶어서 어떻게 살지."
"쳇, 누가 너하고 결혼 한대."
"그럼 왜 이러는데?"
"네가 좋으니까."
한영빈은 더 대꾸하지 않고 키스를 받아준다.
김백수의 혀가 입안으로 들어와 헤집고 다니게 그냥 둔다.
"젖 좀 줘."
"일곱 살 까지 엄마 젖 먹었다면서."
"응, 그래서 나는 여자 젖이 좋아."

한영빈이 웃으면서 가슴을 열고 브래지어를 위로 걷어 올린다.

김백수가 젖꼭지를 혀로 핥으면서 어느새 손이 한영진의 스커트 밑으로 들어간다.

"자취방 조약 제1조."

한영진이 경고한다.

그 때 인기척이 난다.

한영빈이 재빨리 가슴을 여미고 김백수를 밀쳐낸다.

양양신이 들어온다.

"언니, 여기서 잤지?"

양양신이 방안을 둘러보며 말한다.

"아니, 나 아침에 왔어."

한영빈이 빨리 대답한다.

"냄새가 나는데, 어니랑 오빠랑 지금 뭐했어?"
"하긴 뭘 해. 네가 세파트냐? 냄새 맡는 건 기똥차네."

셋이 함께 웃는다.

"점심을 먹고 가야하지 않을까?"

"그럼 나가자."
"그거 준비했니?"

한영빈이 양양신을 보고 묻는다.

"물론이지."

양야신이 백 펙을 툭툭 쳐 보인다.
세 사람은 김백수의 고물 차를 타고 나간다.
학교 근방의 분식집에서 라면과 김밥, 덕볶이를 시켜 셋이 갈라 먹는다.

"2시 35분 가자."

세 사람은 학교 교수 연구동으로 간다.
G 교수가 있는 연구실 앞가지 조심스럽게다가 간다.

- 인류학과 G 교수 연구실.

팻말이 붙어있는 철제 도어 앞에 선다.
"여기 CCTV 없니?"

김백수가 나직하게 묻는다.

"원래 있었는데 교수들이 인권 침해라고 떠들어 모두 철거했어요."

"연구동 밖에는 있어. 캠퍼스에."

양양신이 보충 설명한다.

"잘 살펴 봐?"

한영빈이 주의를 환기 시킨다.
모두 사방을 둘러본다.
아무도 보는 사람이 없다.

"그럼 시작하자."
"20분 전이야."
"적당한 타임."

양양신이 백 팩에서 연고 튜브 같은 것을 여러 개 꺼낸다.

- 강력 순간 접착제.
- 쇠붙이, 나무, 플라스틱 뭐든지 강력 순간접착.
- 3분내 완성.

튜브 표면에 쓰인 글귀들이다.

"이것을 도어와 벽을 붙이는 거야."

셋이 튜브를 열고 액체를 짜 내서 철제 도어의 틈에 쏘아 넣어 도어를 단단히 붙인다.

"이게 효과가 있을까?"

김백수가 작업을 하면서 묻는다.

"내가 실험 해 봤어. 신통하게 3분 뒤 딱 달러 붙든 걸."

양양신이 설명한다.
세 사람의 작업은 순식간에 끝난다.

"나, 이제 강연장에 가서 기다리자. 10분 남았어."

"ㅋㅋㅋ, 소개와 사회할 교수가 없으니 강의가 엉망이 되겠지? 세계적 석학 불러놓고 무슨 망신."

세 사람은 강당에 가서 조마조마하게 기다렸다.
강당에는 사람이 빽빽하게 차서 빈자리가 없다.
앞줄에는 교수들이 차지하고 있고 옆에는 카메라를 든 기자들이 서있다.
좌석 가운데는 TV 촬영 카메라가 자리 잡고 있다.
생중계한다는 과학 방송국인 모양이다.
정면 벽에 걸린 커다란 시계의 침이 3시 정각을 가리킨다.
그러나 G 교수가 나타나지 않는다.
앞줄 교수들이 시계를 보고 있다.
제네비브 벨 박사가 학장과 함께 들어온다.

브라운 머리가 아름다운 백인 여자다.

교수들과 악수를 한 뒤 강단 단상에 있는 연사 자리에 앉는다.

강연할 프로젝트 빔을 작동시켜 본다.

이상 없다.

3시 5분.

그러나 G 교수가 나타나지 않는다.

3시 10분 여전히 G교수의 모습은 안 보인다.

다른 교수들이 핸드폰 전화를 건다.

아마 G 교수를 찾는 것 같다.

3시 15분.

장내가 술렁이기 시작한다.

26. 여교수 갇히다

한편.

G 교수실과 학교 당국은 어떤 상태일까?

G 교수는 제네비브 벨 박사의 약력과 강의 제목을 다시 챙기고 진행할 순서도 챙긴다.

마지막으로 거울을 보고 화장을 고치고 입은 옷을 점검한다.

메모지를 백에 넣고 강의 장으로 가기 위해 책상에서 일어선 시간은 2시 50분.

무심코 나가는 도어를 열려고 손잡이를 돌렸으나 움직이지 않는다.

손잡이에까지 순간접착제를 발랐기 때문에 당연히 돌아가지 않는다.

문을 밀어본다.

그러나 꿈적도 않는다.

'이게 무슨 일?'

조금 생각하다가 서류철을 하는 호치키스를 가지고 가서 손잡이를 두드린 뒤에 다시 열어본다.

그러나 역시 움직이지 않는다.

이번에는 문을 손으로 밀어본다.

요지부동.

어깨로 문을 부딪치며 충격을 주어 본다.

그러나 역시 끄떡하지 않는다.

다시 소파에 털썩 주저앉아 생각한다.

핸드백에 넣었던 핸드폰을 꺼낸다.

어딘가 전화를 건다.

전화를 받지 않는다.

G 교수가 전화를 건 상대는 옆방 H 교수인데, H 교수 역시 강연장에 가서 핸드폰을 끄고 있기 때문에 전화를 받을 수 없다.

밖에서 뭐가 잘 못 되어 문이 열리지 않는 줄 알고 열어달라고 부탁하려고 해서다.

G 교수는 다시 대학 사무처장에게 전화를 건다.

역시 전화를 받지 않는다.

강연장에 시설 점검을 갔기 때문이다.

3시. 정각.

G 교수 얼굴에 당황한 빛이 역력하다.

G 교수는 구내전화 리스트를 보고 대학 경비실에 핸드폰 전화를 건다.

"여보세요. 경비실이지요?"

"네, 그렇습니다."

"나는 인류학과 G 교수인데요. 문이 안 열려요."

"예? 교수님 무슨 문이 안 열립니까? 지금 대학 정문은 닫지 않았는데요."

"그게 아니고 내 방 문이 안 열려요."

"교수님 연구실 문이 안 열린다는 말씀입니까?"

"그래요."

"왜요?"

이런 답답한 노릇이 있나.

"그걸 내가 어떻게 알아요. 좌우간 내 방 문이 안 열리니까 빨리 조처를 해줘요."

"알겠습니다."

3시5분.

지금 문이 열려도 늦기는 마찬가지다.

그런데 경비실에서 다시 전화가 왔다.

"여보세요?"

"거기가 어느 교수 방이라고 하셨습니까? 아까 자세히 못 들어서요."

이런 답답한 일이 있나.

"인류학과 연구 실. G 교수."

"알겠습니다. 가보겠습니다."

3시 15분.

G 교수는 조교 양양신 양에게 전화를 건다.

"양 조교는 지금 어디 있나?"

"저요? 서울 집에 있는데요."

양양신이 엉뚱한 대답을 한다.

그때였다.
밖에서 문을 두드리는 소리가 들린다.
동시에 G교수의 핸드폰이 요란하게 울린다.
학장이다.

"지금 어디계세요? 오늘 강연회 잊으셨어요?"
"그게 아니고..."
"지금 난리 났어요. 치매 걸렸어요? 이런 중대한 행사를 잊어먹다니 빨리 오세요."

밖에서 계속 문을 두드린다.

"문이나 열어요. 빨리."
"교수님 안에서 잠근 것 같은데 열어 주세요."

경비원이 온 모양이다.

"무슨 소리야. 안에서 잠그지 않았어요."
"그거 이상하네. 아니 누가 용접을 했나?"
"지금 급하니까 빨리 문을 열어봐요."
"조금 계세요. 장비를 갖춘 기술자를 불러야겠는 데요."

"뭐라고요?"

G교수는 털썩 주저앉고 말았다.
이곳은 9층 높은 층이라 작은 창문으로 나가는 방법도 없다.
고가사다리차가 온다면 또 모를까.

결국 한 시간이 지난 4시쯤 G 교수 연구실의 문이 열렸다.
한편.
강의실의 김백수와 한영빈, 양양신은 회심의 미소를 띠우고 당황하는 학교 당국자의 모습을 지켜보고 있었다.
결국 30분이 늦은 3시 30분께 학장이 단상에 올라가 강연이 늦은 것을 사과하고 제네비브 뵐 교수가 강연을 시작했다.

생방송을 준비하고 있던 TV생방송 팀은 죽을상이 되었다.
강의가 한창 진행되던 4시5분, G 교수가 헐레벌떡 들어왔다.
학장이 잡아먹을 듯한 얼굴로 노려본다.

"문이 안 열려서요. 죄송합니다."
G교수가 나직하게 말한다.

"그걸 말이라고 합니까? 아직 치매 걸릴 나이는 아니잖아요."

김백수와 한영빈, 양양신은 거기 까지 보고 강연장을 떠났다.

"교수 징계 위원회 열리지 않을까?"

"지각했다고 징계 위원회야 열리겠어?"

그러나 양양신의 의견은 달랐다.

"세계적 석학을 모셔놓고 그런 실수를 했으니 그냥 넘어가지는 않을 것입니다. 더구나 생방송 준비한 방송국은 큰 타격을 받았을 테니 가만있지 않을 거고요."

"우리가 심했나?"
"레스비안을 이해 못한다고 하지 않을까?"

그때였다.
김백수에게 문자가 왔다.

- 저녁에 만나. 니꺼 갖고 싶어.

강민혜다.
문자를 보는 순간 김백수의 심벌이 민감하게 벌떡 일어선다.

"뭐야?"

항영빈이 김백수의 문자 내용을 확인하려고 한다.

27. 여자의 육감

"누구 문자야?"

여자의 육감은 무섭다.
한영빈이 김백수의 핸드폰 문자를 보려고 한다.
문자를 보는 김백수의 표정에서 무언가를 감지했다.

"그냥, 아무것도 아니야."

김백수는 얼른 문자를 지워버렸다.

한영빈은 찜찜한 생각이 들었으나 더 이상 묻지 않는다.
세 사람은 김백수의 고물차에 오른다.

"벌써 다섯 시가 다 돼 가네."

양양신이 시계를 본다.

"어디 가서 맥주나 한잔."

김백수가 제의한다.

"알복 성공, 축배를 들어야지."

그들은 망원동 한강 둔치 공원에 차를 세우고 매점에서 캔 맥주 여섯 개와 안
주를 산다.
강둑에 있는 벤치에 앉아 강을 바라본다.
잔잔한 파도가 놀을 받아 아름답다.
맥주를 마신다.
상쾌한 강바람과 함께 속이 후련하다.

"일단 문제가 된 알복 숙제는 대충 해결 한 셈이네."
"아직 많아. 매일 억울한 사연이 수도 없이 올라오거든."
"G 교수는 어떤 스타일 레스비안이야?"
"어떤 스타일이 어디 있어? 여자끼리 좋아 하고 남자는 거들떠보지 않는 것이
똑 같지."

김백수의 말에 양양신이 반박한다.
"오빠, 모르는 소리야. 레스비안끼리도 남자 역할 여자 역할을 좋아하는 사람
이 있어. 그리고 육체적인 접촉보다도 정신적 교감을 가지려는 유형도 있고."
"그럼 G 교수는 무슨 스타일이야?"
"G 교수는 '끼리끼리'나 '초동회' 같은 많은 레스비안 클럽 중 어느 곳에도
가입하지 않았어. 그리고 남자역할, 여자 역할 모두 좋아 하는 것 같아. 레스비

안 중에는 게이와는 달리 스킨십만으로 오르가슴을 느끼는 여자도 많거든. 그런데 G 교수는 모두 즐기는 것 같아. 딜도나 바이브레이션으로 상대를 해 주는 것도 즐기고 상대가 자기에게 그렇게 해 주기를 바라기도 해."
"너, 많이 연구했다."

세 사람은 한 시간 정도 노닥거리다가 자리에서 일어선다.
김백수가 강민혜의 호출 때문에 가야한다.
김백수는 그들을 합정 역까지 데려다 주고 홍대 입구로 간다.
지하 책방에서 강민혜를 만나기 위해서다.

"민혜야."

강민혜가 무슨 책인가를 들고 열심히 읽느라고 김백수를 못 본다.

"민혜야, 무슨 책이야?"
"응, 왔어. 이거야."

민혜가 책 표지를 보여준다.

- 결혼의 기술

미국의 심리학자 윌럼 글라써가 쓴 유명한 책이다.

"결혼 하려고?"
"아니, 남자와 더 잼있게 노는 법 찾아서."

"너 기술도 그만하면 엑셀런트야."
"배고프냐?"

강민혜가 묻는다.
김백수가 강민혜의 얼굴을 본다.
예쁘다.
호기심에 가득 찬 소녀 같다.
발그레한 뺨과 얇은 입술은 매력의 가장 중요한 포인트다.

"ㅋㅋㅋ."

갑자기 김백수가 혼자 소리를 죽이고 웃는다.

"왜 웃어? 내 얼굴에 뭐 있어?"

강민혜가 핸드백에서 손거울을 꺼내려고 한다.
"아냐, 아무것도 아냐."
"배 고프냐고?"
"그건 왜 자꾸 물어? 돈가스나 먹으러 갈까?"
"아니, 배가 부르면 안 돼."
"뭐가 안 돼?"
"배가 부르면 그게 맛이 없대."
"못 말려."
"그럼 그것부터 하지 뭐. 어디로 갈까?"
"차 가지고 왔지?"

"응."
"그럼 그리로 가."
"뭐야?"

김백수는 할 수 없이 고물 경차로 간다.

"아직 밖이 훤한데?"

김백수가 이런 밝은 시간에 차 안에서 사랑을 한다는 것이 한다는 것이 어렵지 않으냐는 뜻으로 얘기한다.

"달려."

강민혜가 김백수의 뺨에 가볍게 키스를 하며 말한다.
일단 자유로 쪽으로 가기위해 강변 북로로 들어선다.
한강 너머 놀이 빨갛게 물들어 황홀하다.
차가 성산대교 입구를 지나 행주산성 쪽으로 달린다.
강민혜가 운전하는 김백수의 티셔츠 단추를 푼다.
손을 김백수의 가슴에 넣고 맨 살을 쓰다듬는다.
손가락으로 조그만 남자 젖꼭지를 만진다.

"아이 간지러워."

김백수가 어깨를 움츠린다.
이번에는 김백수의 바지 가운데를 만진다.

"어? 벌써?"

딱딱한 무엇이 만져진다.

"난 네 문자만 와도 이게 반응한다."
"대단히 촉빠른 물건이구나."
"네가 그렇게 길들였어."

강민혜가 바지 지퍼를 내린다.
손을 쑥 집어넣는다.

"윽!"
김백수 입에서 신음이 터진다.
강민혜는 물건을 움켜쥔다.
따듯하고 딱딱하다.

"그만 좀."

김백수가 사정한다.
그러나 강민혜는 더 움켜쥔다.

"운전 못 해. 차가 펄쩍 뛸지 몰라."

자동차가 엄청난 속력을 낸다.
정말 사고가 날지 모른다.

강민혜가 사타구니에서 손을 뺀다.

그 때 차가 파주 출판단지 쪽으로 들어간다.

놀은 벌써 시들고 땅거미가 지기 시작한다.

"여기 모텔 많아."

김백수가 차를 천천히 몰면서 말한다.

28. 차안에서는...

"모텔?"

강민혜가 묻는다.

"응."
"싫어."
"왜? 돈 때문에?"
"아니. 우리는 불륜은 아니잖아."
"ㅋㅋㅋ. 모텔은 불륜만 가는 곳이야?"
"아님 성매매."
"알았어. 그럼 차 세울 곳을 찾아보자."

김백수는 적당한 곳을 찾았다.
공용주차장인데 시간이 지나 그냥 세워도 되는 곳이었다.
김백수는 가장 가장자리, 사람들 눈에 잘 안 띄는 곳에 차를 세웠다.
"뒷좌석으로 와."

강민혜가 먼저 내려 뒷좌석으로 간다.

김백수가 따라 들어가자 다짜고짜 김백수의 양 뺨을 쥐고 입을 맞춘다.

혀가 김백수의 입으로 들어와 마구 휘젓는다.

김백수의 페니스가 빠른 반응을 보인다.

"휴우."

한참 만에 김백수의 입을 해방시켜준다.

"여자 몇이야?"

강민혜가 느닷없는 질문을 한다.

"무슨 여자?"

"유가 해본 여자."

"니가 처음이야."

"거짓말 말고."

"스킨십을 해본 여자는 있는데 해 본 여자는 없어. 니가 처음 맞아."

"정말 숙맥이다."

강민혜가 김백수의 바지 버클을 푼다.

"니는 내가 몇 번째 남자야?"

"몰라."

"그럼 첫 번째는?"

"우리 형부."

"형부라고?"

"응. 파일로트였는데 죽었어. 언니는 스튜어디스인데 재혼 했고."

"왜 죽었어?"

"여객기 추락으로. 언니가 비행기 타는 날은 형부 혼자 자니까 어쩌다가 한번 하게 되었어. 그 뒤 언니 없을 때마다 했는데 1년 반 동안 재미있었어. 형부는 세상에서 제일 멋있는 남자라고 생각했어. 나한테 참 잘 해. 사랑의 노하우를 거의 익혔어."

"재혼한 언니의 형부하고는 잘 지내?"

"응. 날 좋아해서 학비도 대줘. 근데 사랑은 안해 봤어. 언니한테 미안해서... 학비도 대 주는데."

강민혜가 김백수의 남성을 꺼냈다.

"잘생겼어. 근데 내가 처음이라고?"

첫 여자라는 데 감동한다.

"아아~"

김백수가 비명을 지른다.

"냄새 안 나?"

"아니."

강민혜는 김백수의 목을 껴 안는다.

김백수의 숨결이 가빠진다.

"이제 된 것 같아."

강민혜가 김백수의 바지와 팬티를 모두 벗겨낸다.
자신도 스커트를 허리위로 걷어 올린다.
팬티도 벗었다.
김백수가 애무를 계속 한다.
흥건하다.

"으음."

강민혜가 신음을 토한다.

"스킨십은 제법이네. 여러 번 해 본 솜씨야."
"평가 하지 말고 가만있어."

김백수는 자존심이 상한다.
스킨십만은 한영빈과 연습을 얼마나 했는데.

"잠깐."
강민혜가 일어서서 김백수의 허벅지 위에 걸터앉는다.
천장이 낮은 차 안에서 몸을 잘 움직인다.
많이 해 본 솜씨다.
강민혜는 김백수 허벅지 위에 앉으면서 자기의 중심에 집어넣는다.
김백수가 양팔로 강민혜를 뒤에서 감싸 안는다.
블라우스 속으로 손을 넣고 브래지어를 위로 밀어 올린다.

유방을 부드럽게 만진다.
강민혜가 히프를 들썩인다.
아주 규칙적이다.
좁은 공간에서 아주 잘 한다.

"헉. 헉. 헉."
자동차가 규칙적으로 흔들린다.
"괜찮아? 힘들지 않아?"
김백수가 묻는다.
"차 안에서는 이 방법이 최고야."
김백수가 강민혜의 목을 혀로 핥는다.

귀속도 혀로 핥는다.

"으으으."

강민혜가 자지러진다.
히프 운동이 엄청 빨라진다.
"조금만 참아."

강민혜가 최후의 공격을 가한다.
그 때였다.

"똑똑똑,"

누가 차 창문을 두드린다.

플래시 불빛이 보인다.

강민혜와 김백수는 깜작 놀란다.

강민혜가 재빨리 김백수의 무릎에서 내려와 옆에 안잔다.

"이봐요. 창문 열어봐요."

강민혜가 재빨리 스커트를 입고 차문을 연다.

시동이 걸려있지 않기 때문에 차창이 열리지 않는다.

강민혜가 차에서 내린다.

후래시를 든 남자 두 명이 서있다.

"여기는 공공장소 입니다. 신고가 있어서 왔습니다."

경찰관 복장이다.

"죄송합니다. 근데 누가 신고를 했어요?"

김백수도 옷을 입고 차 밖으로 나갔다.

"누가 신고했는지는 알 필요 없고요. 알만한 분들이 이런데서 장난을 칩니까?

공연음란죄 해당 된다는 사실 아십니까?"

"우리가 공연한 것은 아니잖아요."

김백수가 항의조로 말했다.

"공연이란 공연하게란 뜻입니다."

"알겠습니다. 다음엔 공연히 그런 짓은 삼가 할게요."

"허, 맹랑한 젊은이네. 오늘은 그냥 가시고 앞으로 주의 하세요."

김백수와 강민혜는 끝을 내지도 못하고 망신만 했다.

"가서 칼국수나 먹자. 출출하네."

김백수가 쓸쓸한 기분으로 자동차 시동을 걸었다.

29. 택배와 야한 아줌마

김백수는 강민혜와 함께 파주 책의 거리 어느 식당에서 칼국수를 먹는다.

"민혜는 그 방면의 달인이야. 처녀가 어찌 그렇게 잘하지?"
"오빠도 보통은 아니던데."
"상대는 주로 어디서 조달해?"
"인터넷. 거긴 인재의 바다야."
"알복도 그런 탐색하러 들어왔었지?"
"ㅋㅋㅋ. 부인은 안 해."

김백수는 홍대 입구 역에서 강민혜를 내려주고 집으로 간다.
컴을 켜고 '알복'을 연다.

- 교감실의 망신

제목이 눈에 띠어 열어본다.

전에 A고등학교 알바 청소원으로 나가던 정복순이라는 아줌마가 한번 글을 올린 일이 있었는데, 그 아줌마의 글이다.

 '나는 A고등학교 알바 청소를 며칠 나간 일이 있다.
 첫날부터 Y라는 교감이 느끼하게 접근했다.
 남편이 병중에 있다는 것을 알고 굶었을 테니 나하고 한번 하자는 노골적인 소리까지 했다.
 성희롱이 지나쳐 교감 실에서 도시락 점심을 시켜 먹으면서도 성폭행을 하려고 들었다.
 꼭 성교 중독에 걸린 사람 같았다.
 억지로 식당 같은 데 데리고 가서는 자기 물건을 꺼내 놓고 만져달라고 하기도 했다.
 나는 하루 나가다가 그만 두려고 했지만 한 달은 해야 임금을 준다고 해서 한 달 가까이 다녔다.
 그런데 한 달이 되던 날 희한한 일이 생겼다.
 나 말고도 Y교감에게 당한 사람이 많은 것 같았다.
 아무래도 여자 선생님일지도 모른다.

 어느 날 새벽 일찍 나가 교무실 청소를 하다가 교감 실 도어를 흘깃 봤더니 아니 이게 뭐야?
 누군가가 컬러 스프레이로 문짝에 낙서를 해 놓았는데 놀라 자빠질 뻔 했다.
 김백수는 글과 함께 올라와 있는 사진을 본다.

 '와, 이긴 쫌 심하다.'

정복순 아줌마가 올린 사진은 눈뜨고 보기 부끄러운 낙서였다.

스프레이로 남자의 물건을 그려 놓았다.

데모대가 경찰차에 메시지 그리는 수법과 비슷하다.

그리고 옆에 쓰인 글.

- 나는 변태다. 여자면 누구라도 좋다.

이거 탐나면 이방으로 들어오라.

Y 교감.

밤중에 누가 장난을 친 모양이다.

스프레이 낙서는 쉽게 지워지지가 않는다.

나는 지울 생각이 없어 다른 선생들이 출근 할 때 까지 그냥 두었다.

제일 먼저 출근한 젊은 여선생이 비명을 질렀다.

걸레로 지우려고 했지만 되지가 않았다.

결국 모든 선생과 교감 자신까지 그 낙서를 보지 않을 수 없었다.

나는 벤젠 기름을 얻어다가 그 낙서를 지우며 얼마나 통쾌하고 기분이 좋은지 몰랐다.

나보다 더 당한 누군가가 한 복수일 것이다.

정복순의 글은 여기서 끝났다.

알복 생긴 이후 '자동 복수' 를 한 것은 이것이 처음이다.

김백수는 글을 읽고 나서 혼자 배꼽을 잡고 웃었다.

'알복' 에는 그것 말고도 다른 하소연이 올라와 있었다.

-택배의 봉변.

이것은 어느 젊은 남자 택배 알바의 하소연이었다.
나는 택배 알바 한 달 째인 대학생이다.
어느 날 아파트에 택배를 나갔다.
제법 큰 박스인데 무게는 엄청 가볍다.
여러 군데 택배를 마치고 그 가벼운 상자를 배달하러 마지막 아파트 가정집에
간다.
경비실에서 초인종을 누르고 택배라고 하자 여자 목소리가 들린다.

"가지고 올라 오세요."

목소리로 보아 4~50대 여자 같다.
내가 문 앞에 가서 초인종을 누르자 여자가 문을 연다.
내 추측대로 40대 주부 같다.
원피스 차림으로 포근하고 제법 예쁜 얼굴이었다.

"학생 고마워요. 근데 잠깐만 나 좀 도와줄래요?"

물건을 건네주자 아줌마가 방긋 웃으며 말한다.

"예? 무엇을요?"
"벽에 못을 하나 박아야 하는데 키가 모자라서 잘 안돼요. 들어와서 좀 박아주
실 수 없나?"

나는 잠깐 망설이다가 거절하지 못해 안으로 들어간다.
아주 깔끔하고 고급스러운 분위기가 넘치는 아파트 실내다.
내가 현관을 들어서서 두리번거린다.

"이 쪽이예요."

여자가 나를 데리고 간 곳은 안방이다.
커다란 더블 침대가 가운데 버티고 있다.

"어딥니까? 못 박을 곳이."

"여기에요."

여자는 침대 맞은 편 벽에 그림을 걸려고 시도 한 것 같다.
망치와 못, 그리고 조그만 그림이 하나 있다.
그림을 들어 본다.
누드 유화다.
안락의자에 비스듬히 누워있는 여자인데 음모가 유난히 눈에 띠는 야한 그림
이다.
이런 그림을 침실에 걸어두고 어쩌자는 것인지.

"저 위에요."

여자가 가리키는 곳에 못을 박았다.
내가 까치발을 해야 할 정도니까 여자의 키로는 물론 자라지 않는 곳이다.

못을 박고 그림을 건다.

"좀 비뚤어졌네."

여자가 그림을 고치려고 발돋움을 한다.
얇은 원피스 위로 여자의 풍만한 유방이 출렁거린다.
브래지어를 하지 않은 것 같다.

"고마워요. 학생 가만 있자. 커피 한잔 하고 가요."

여자가 요염하게 웃으며 말을 하자 나는 거절하지 못한다.

"거기 소파에 앉아요."

나는 거절하지 못하고 앉았다.
여자가 금방 커피 두 잔과 비스킷을 가지고 온다.
내가 좋아하는 잭스다.

"고맙습니다."

내가 비스킷과 커피를 마시는 동안 여자는 택배로 온 상자를 뜯는다.
상자에서는 여자의 팬티와 브래지어가 쏟아진다.
엄청 값이 비싼 명품들이다.
나는 여자 속옷을 보자 민망해서 얼굴이 굳어졌다.

"칼라가 별로네요. 학생 이거 어때?"

여자가 검정색 팬티를 들어 보이며 물었다.

나는 갑자기 얼굴이 붉어지려고 했다.

"조, 좋은데요."

나는 말까지 더듬었다.

"한번 입어 봐야지."

여자가 갑자기 일어서더니 원피스를 홀렁 걷어 올린다.
팬티를 입지 않은 맨몸이 들어났다.
시커먼 음모가 눈에 확 들어왔다.
여자는 태연하게 팬티를 걸친다.
세상에 무슨 이런 일이 있단 말인가.
나는 안절부절 한다.
그러나 내 체면은 모르는 채 아랫도리의 페니스가 벌떡 일어서지 않는가.

30. 꼬시는 손 협박하는 손

나는 얼굴이 화끈 달아오른다.
이 아줌마가 나를 꼬신다는 것을 뒤늦게 안다.

"전 이만 가봐야 겠어요."

나는 일어서려고 한다.

"그 커피 마저 마시고 천천히 가요. 내 옷 매무새도 좀 봐주고요."

아줌마가 적극적으로 붙잡으려고 한다.
나는 못 이긴 체하고 도로 주저앉는다.
이번에는 입었던 검정 팬티를 홀러덩 벗는다.
정면으로 아줌마의 민망한 곳이 보이기 때문에 얼굴을 돌린다.
아줌마는 노란색 레이스가 달린 팬티를 입고 논평을 요구한다.

"이 색깔과 모양, 어때요?"

무슨 팬티 패션쇼를 하는 것도 아니고.
내가 여자 속옷 디자이너라도 되나.

"좋은데요."
"그렇죠? 이게 남자들 좋아하는 스타일이죠?"
"예. 그럴 것 같네요."

나의 물건은 이제 더 참지 못할 정도로 팽창해진다.
어떻게 손을 쓰지 않을 수 없게 되었다.

"저 화장실 좀 이용 할 수 있을까요?"

내가 급해서 요구한다.

"저기 들어가세요."

아줌마가 안방 전용 욕실을 가리킨다.
나는 급히 화장실로 들어간다.
숨을 좀 돌릴 생각이다.
바지를 내리고 쉬를 한다.
엄청 커진남성이 오줌을 줄기차게 뿜는다.
좀 시원하다.
손을 씻으려 세면대에 간다.
비누통 옆에 무언가가 놓여있다.
사용하지 않은 콘돔이다.

세면대 안에는 여자의 팬티가 물속에 담겨있다.

나의 물건이 진정되려다가 다시 팽창하기 시작한다.

내가 어쩔 줄 모르고 있다가 그냥 옷을 추스리고 나온다.

"그만 가봐야겠습니다."

내가 욕실을 나서자 뜻밖의 장면이 기다리고 있다.

아줌마가 옷을 완전히 벗고 택배 상자에서 나온 브래지어를 젖가슴에 대보고 있다.

통통하게 살이 찐 아줌마의 벗은 몸은 남자의 욕정을 자아내기에 충분하다.

여자의 벗은 몸을 처음 본 나는 심장이 터질 것처럼 뛴다.

"학생, 이 브래지어 잘 어울려요?"

아줌마가 브래지어로 가린 젖가슴을 내 눈앞에 들이밀면서 말한다.

말소리에 욕정이 촉촉히 담긴다.

"좋은데요."

"한번 만져 봐도 돼요. 여자 벗은 것 처음 보지?"

아줌마는 브래지어를 방바닥에 버리고 젖가슴을 내 눈앞에 들이대고 내 손을 잡아 만지게 한다.

나는 떨리는 손을 젖가슴에 가져간다.

부드럽고 짜릿하다. 여자의 살이 이처럼 흥분하게 하다니.

나는 제정신이 아니다.

두 손으로 젖가슴을 만진다.

손이 부들부들 떨리고 심장이 고동친다.

아줌마가 옷 위로 나의아래를 슬쩍 만진다.

"어머, 엄청나네. 어떻게 달래야겠는데."

아줌마가 나를 덥석 끌어안는다.

입을 맞춘 뒤 내 바지 지퍼를 내린다.

나는 땟국에 전 팬티가 창피해 다리를 오므린다.

그러나 아줌마는 팬티를 확 잡아당기고 덜렁 들어난 내 거시기를 보고 깔깔 웃는다.

"어머, 얘가 아주 많이 화가 났네."

나는 아무 말도 할 수가 없다.

"학생은 여친도 없나? 불쌍한 애를 아무도 돌보지 않나봐."

아줌마가 내 것을 두어 번 만져 보더니 이번에는 내 윗옷을 벗긴다.

나는 마취된 것처럼 가만히 있다.

어떻게 행동을 할 수가 없다.

여자는 나를 다 벗기고 끌다시피 침대에 눕힌다.

"와, 멋져. 이렇게 훌륭한데 여친이 없어?"

아줌마는 내 위에 걸터앉는다.
검은 숲 속의 계곡은 나를 엄청 유혹한다.
물기에 젖어 무엇이든 집어 삼킬 것 같다.
여자의 비밀스러운 곳을 정면에서 본 것은 처음이다.

'이건 아니야. 이러면 큰일 나.'

나는 정신이 번쩍 든다.
벌떡 일어난다.

"학생 왜 그래?"
"그만 가야 돼요."

나는 황급히 옷을 주섬주섬 입는다.
"학생 그냥 나갈 수 있을 것 같아?"
"가야 해요. 미안해요."

뭐가 미안한지 모를 일이다.
"나를 이렇게 만들어 놓고 가려고 해?"
"제가 어떻게 했는데요?"
"나를 겁탈하려고 했잖아."

아줌마의 태도가 갑자기 표변한다.
"예? 제가 언제요?"
나는 황당해서 말이 막힌다.

"지금 그랬잖아. 택배 한다는 핑계로 문을 열게 하고 들어 와서는 강제로 옷을 벗기고…"
"제가 언제요? 아줌마가 나를 유혹 한 거잖아요."
"거짓말."
"나는 갈 거예요."

내가 나가려고 하자 아줌마는 더 무서운 말을 한다.

"니가 여기 들어와서 머물고 간 흔적은 어디든지 있어. 화장실에 가면 네 DNA가 얼마든지 있어. 그리고 이 침대 검사하면 니 털 여러 가닥 나올 걸."
나는 앞이 캄캄 해진다.
그러면 나를 강간범으로 만들겠다는 것인가.

"맘대로 해. 강간범 신고가 몇 번이더라."

아줌마는 핸드폰을 들고 키를 누른다.
나는 깜짝 놀라 아줌마 손을 잡는다.

"자, 잠깐만요."

나는 너무 놀라 말을 더듬는다.

31. 아줌마의 유방

"어떻게 할 건데? 빨리 결정해."

아줌마는 핸드폰을 들고 협박을 계속했다.

"아줌마 시키는 대로 할게요."
"음, 머리가 잘 돌아가는구나. 학교 성적도 좋지?"
"아뇨, 별로."
"몇 학번?"
"15학번인데요."
"19금은 면했군."

나는 대답을 하지 않는다.

"벗어."
"예?"
"옷 벗으란 말이야."

나는 할 수 없이 옷을 벗는다.
팬티만 남는다.

"일어서 봐요."

아줌마의 말이 부드러워진다.

"한 바퀴 돌아봐요."

나는 여자 모델이 패션쇼를 하듯 천천히 한 바퀴 돈다.

"그거 벗어."

아줌마가 내 팬티를 손으로 가리킨다.
나는 할 수 없이 복종한다.

"ㅋㅋㅋ, 쫄았다."

아줌마가 내 아랫도리를 보고 비웃는다.
겁을 먹은 내 물건은 쪼그라들어 볼모양이 없다.
유난히 무성한(허풍이 아니다) 음모에 묻혀 겨우 코만 뾰족 내민 모양이다.
"가서 샤워하고 와요."

나는 시키는 대로 욕실로 들어간다.
욕조에 들어서서 샤워기를 튼다.

"앗! 뜨거."

갑자기 뜨거운 물이 머리로 쏟아져 혼이 난다.
온도를 다시 조절하고 샤워를 한다.
시원하고 따뜻하다.
거시기를 내려다본다.
아까 보다는 조금 고개를 들었다.
나는 손으로 쓰다듬고 흔들어 키우려고 노력한다.
덕택에 정상을 회복한 정도는 된 것 같다.
나는 천천히 조심스럽게 문을 열고 방안으로 들어선다.

"엇!"

놀랍다.
아줌마가 홀라당 벗고 침대위에 누워있다.
뽀얀 살결이 눈부시다.
좀 살이 올랐지만 어찌 보면 풍만하다고 하겠다.
여자의 완전한 나체는 처음 본다.
나는 가슴이 콩닥거린다.
입에 침이 마른다.
갑자기 아래가 팽창한다.

"이리 와요."

여자가 손가락으로 나를 부른다.

나는 최면술에 걸린 사람이 된다.
뚜벅뚜벅 침대로 걸어가서 여자 옆에 걸터앉는다.

"아이고, 요것이 제법이네."

아줌마는 나의 아래를 만지며 웃는다.
미치겠다.
터질 것 같다.

"아줌마 잠깐만."

나는 겁이 덜컥 났다.

그러나 겁이 나서 잠깐만이라고 한 것은 아니다.
여자의 손길이 닿으니까 민감할 대로 민감해진 내 물건이 사정을 해버릴 것 같
아서다.
아줌마가 다행히 손을 뗀다.

"내젖 어때?"

여자가 자기 젖을 두 손으로 받쳐 올리며 묻는다.

"엄마 젖 같아요."

내가 불쑥 한 말인데 실수란 것을 안다.

아줌마는 못 들은척하고 내 손을 끌어다 자기 유방을 만지게 한다.
촉감이 참 좋다.

"여자하고 해 봤지?"

아줌마가 기분이 좋아 졌는지 다시 내 아래를 만지작거린다.
나는 아줌마를 돌아다보았다.
새까만 음모 밑에 계곡이 보인다.
밝은 대낮에 여자의 비밀을 정면에서 본 것은 처음이다.
정말 정신이 하나도 없다.
안 당해본 남자는 모른다.

"애인 있어?"
"아뇨."
"군대 갔다 왔어?"
"아뇨."
"그럼 여자하고 해보지도 못했겠네."
나는 그래도 대답을 하지는 않는다.
그런 걸 밝히고 싶지 않다.
이 여자는 도대체 뭐하는 여자일까?
남편이 있는 것은 분명하다.
거실에 걸려있는 결혼사진을 보았기 때문이다.
중학교 다닐 대 '색정광' 이라는 에로 소설을 본 일이 있다.
그 책의 수인공은 님편이 있는 가정주부인데, 밤마다 남자를 괴롭힌다.
견디다 못한 남자가 가출한다.

여자는 섹스 중독 상태라 사방을 헤매며 닥치는 대로 남자 사냥을 한다.

초등학교 동창, 친구의 남편, 친구의 오빠, 심지어 우유 배달부 까지 불러들여 판을 벌린다.

그 책에서 성교 장면을 얼마나 세밀하게 묘사를 했는지 읽으며 참지 못해 자위를 여러 번 했다.

이 아줌마가 그런 아줌마가 아닐까?

내가 주춤하고 있는 사이 아줌마는 엄청 급해진다.

"위로 올라와."

아줌마가 내 팔을 잡아당긴다.

빨리 해 달라는 독촉이다.

기왕 이렇게 된 것 나도 빨리 끝내고 해방 되고 싶다.

그러나 내 뜻대로도, 아줌마 뜻대로도 되지 않는 사태가 발생한다.

'알복' 에 올라온 글은 여기서 끝난다.

'뭐야? 도대체 어떻게 되었다는 거야. 했다는 거야 못했다는 거야.'

김백수는 신경질이 난다.

그러나 그 택배 알바가 성공했으면 하는 생각이 든다.

올린 사람의 아이디를 본다.

'알바생 A'

만나보고 싶어진다.

그러나 연락할 방법이 없다.

만나면 제일 먼저 묻고 싶은 것이 '했냐?' 일 것이다.

그렇다면 무엇을 복수 하자는 것인가?

32. 택배 알바의 고백

김백수가 궁금한 것은 그 대학생이 40대 아줌마의 요구를 들어주었느냐, 아니냐다.

그런데 그런 궁금증은 김백수만이 아니다.

"대학생 택배 알바 글 봤어?"

강민혜한테서 제일 먼저 전화가 왔다.

"글쎄, 결국 하지 않았을까? 남자란 그 지경에 이르면 자제력이 없어지거든. 내일 감옥에 가더라고 하고 봐야 하거든."
"그렇지도 않아. 그건 너 같은 섹스에 단련되지 않은 아마들의 생각이고, 강단 있는 남자는 그렇지 않을 수도 있어."

강민혜는 기분이 좋으면 오빠라고 부르고 그렇지 아니면 너나 돌이를 한다.

"내기 할까?"
"좋아."

"나는 했다에 한 표."
"나는 안 했다에 한 표."

강민혜가 자신있게 말한다.
무슨 배짱으로 그 상황에 섹스를 피한단 말인가.

"뭐 내기야?"

김백수는 나름대로 자신이 있다.

"니가 지면 나한테 봉사해야 돼."
"좋아. 니가 지면 니도 나한테 봉사해야 돼."

두 사람은 모두 섹스를 염두에 두고 한 말이다.
한영빈은 문자로 연락이 왔다.

- 택배 알바 대학생 글 보았지?

걔 인터넷 주소 몰라?
그러나 택배 알바와 연결할 길은 없다.
그때였다.
카톡으로 택배 대학생의 문자가 온다.
김백수가 '알복'에 올린 문의에 대해 응답을 한 것이다.
자기의 아이니와 진화번호를 알려 오다.
김백수는 즉시 연락을 한다.

"날라리씨, 좀 만납시다."
"좋아요."
"내일 밤 6시 홍대 역 8번 출구 지하 책방, 휴게실."
"좋아요. 노란티를 찾으세요."

김백수는 즉시 한영빈과 강민혜 한테 연락한다.

"내일 저녁 6시 홍대 역 거기."

그들은 거기가 어딘지 모두 안다.

다음날.
김백수는 30분 전에 약속장소로 간다.
한 5분 지나자 강민혜가 온다.

"이제 했는지 안 했는지 알게 될 텐데, 니가 질 건 뻔하고."

강민혜가 내기 한 것을 두고 이야기 한다.

"천만에, 오빠가 질 건 뻔하지. 나한테 봉사하려면 힘들 것."
"그럴 리가 없겠지만 어떻게 봉사해 달라는 건대? 결국은 말이 봉사지 두 사람이 다 즐기는 건 마찬가지 아닌가?"

김백수가 히죽 웃었다.

"천만에. 오빠는 내가 해 달라는 대로 무조건 애무를 다 해주어야해. 손으로도 하고 입으로도 하고 몸으로도 하고."

"그게 그거지 뭐."

"그렇지 않을 걸. 나는 손 하나 까딱하지 않고 가만히 누워 잇을 거야. 명심 할 것은 오빠는 절대로 거시기를 사용해서는 안 돼. 삽입이나 사정 같은 것은 엄두에도 내지 마."

"뭐야?"

김백수는 그렇게 된다면, 진짜 여자를 위한 봉사로 끝난다는 말이 맞는다고 생각하니 답답하다.

강민혜라면 그렇게 할 수도 있는 프로다.

그 때 한영빈이 나타 났다.

투피스 정장에 화장까지 하고 나왔다.

"웬일이니?"

김백수가 놀란다.

그렇게 차리고 나오니 예쁘긴 하다.

"낯선 사람 만나는 데 인상이 좋아야지."

"딴 생각 있는 것 아니고?"

"왜? 괜찮으면 한 번 꼬셔보게."

한영빈은 웃시노 않고 만한다

드디어 노랑 티를 입은 택배 대학생 날라리가 나타났다.

키가 엄청 크다.

하체가 길어 멋있게 보인다.

턱에 듬성듬성 짧은 수염이 났다.

어찌 보면 매력이다.

"날라리라고 합니다."

"나는 김백수, 그리고 한영빈과 강민혜."

"안녕 하세요. 글을 많이 봐서 구면이네요."

날라리가 악수를 하며 웃는다.

"근데 아이디가 '날라리' 던데…"

강민혜가 묻는다.

"아, 세상을 아무렇게나 산다는 날라리가 아니고, 택배를 날아서 해준다는 빠르다는 뜻입니다."

"ㅋㅋㅋ."

"그렇군요. 괜히 오해했네."

"몇 학번이예요?"

한영빈이 물었다.

"15학번입니다."

"아이구 오빠네."

"저녁을 먹을까?"

네 사람은 연희동 쪽의 케밥 식당에 간다.

"제일 궁금한 것 그 아줌마 예뻐요?"

자리에 앉자마자 한영빈이 묻는다.

"예뻐요. 미인이라기보다는 섹시해요."
"남자들이 좋아하는 스타일?"
"남자 나름이겠지만 나이든 남자들이 좋아하는 몸매예요."
"몸매도 다 보았겠네."

김백수가 묻는다.

"물론이죠. 거시기, 죄송, 그것도 다 봤는데요."

날라리는 그 표현을 하면서 두 여자에게 미안하다는 표정을 짓는다.

"두 번째 궁금한 거, 했어요?"

이번에는 김백수가 물었다.
질문을 해 놓고는 강민혜를 쳐다본다.
분명히 했다고 대답할 것이란 자신이 있다.

"뭘 해요?"

날라리가 능청을 떤다.
무슨 질문인지 알면서 엉뚱한 소리를 한다.

"그 아줌마하고 그거 했느냐 말입니다."

김백수가 고지식하게 생각하고 다시 묻는다.

"그 아줌마 요구대로 섹스를 했느냐 그걸 묻는 겁니까?"
"그렇죠."
"그 상태에 이르러 여자위에 올라가지 않고 물러설 남자 있겠어요?"
"거 봐, 했잖아."

김백수가 의기양야하게 말하며 강민혜를 쳐다본다.

"하지만 나는 날라립니다. 절대 하지 않았죠. 했다가는 일생 노예 굴레를 쓸
것 같았어요. 잘못하면 남편한테 고소당하고 일생 망칠 수도 있거든요."
이번에는 강민혜가 의기양양해졌다.

"오빠 들었지."

이번에는 김백수가 기가 팍 죽는다.
그들은 밤늦게 까지 복수의 방법을 의논한다.

33. 동네 망신을

연하의 알바 학생을 꼬시다가 안 되니까 협박까지 해서 자기의 욕정을 채우려고 한 아줌마라면 혼이 좀 나야 한다는 것이 네 사람의 합의된 의견이다.

"그 아줌마 혼 좀 나야 해요. 간통죄가 없어졌다고 하지만 그렇게 놀 수야 없지요. 법이 심판하지 못하면 우리가 가정의 정의를 바로 세워야 한다고요."

한영빈이 열변을 토한다.

"누가 모럴리스트 아니랄까봐? 자기들 부부 성생활 이야기야 부부가 해결 할 일이지만, 우리 날라리를 괴롭힌 것은 복수를 해야 하는 것이 당연하지."
김백수가 결론적으로 말한다.

"남편한테 문자를 보내면 어떨까? 당신 아내가 당신 없을 때 무슨 짓 하는지 아느냐. 집에 몰카라도 설치해서 사랑하는 아내의 일상생활을 한번 지켜보시오, 이렇게 하면..."
"남자가 웬 미친놈이 이런 걸 보냈느냐하고 묵살 해버릴 가능성이 많지. 그리고 남편 전화 번호 따오는 것도 쉽지 않고요."

강민혜가 반대한다.

"현관문에다가 '구인' 광고를 붙이는 거야. 정력 좋은 청소년 구함. 내 침대에
서 나를 만족시킬 수 있는 알바 후대함. 이런 거 어때?"
"알바라고 쓰면 나를 이심할 텐데. 그런 광고를 붙이자마자 아줌마가 나와 보
고 떼버리면 아무것도 아니지 뭐,"

한영빈이 반대한다.

"그날 어떻게 빠져 나왔는지를 좀 이야기해 보아."

뾰족한 아이디어가 나오지 않자 김백수가 묻는다.

"그날 말이야."

날라리는 침을 꿀꺽 삼키고 이야기한다.
"내 거시기를 쥐고 자기 주머니에 집어넣으려고 하기에 다급해졌지."
"ㅋㅋㅋ. 쏴 버릴까봐?"
김백수가 빈정거린다.

"솔직히 발사하고 싶었어. 하지만 만약 그렇게 했다가는 이제 꼼짝 못하고 올
가미를 쓰는 거야. 어떤 요구를 할지 몰라. 일주일에 한번 씩 와서 해줘야 한다
든지, 남편이 어느 년하고 노는지 알아 오라든지... 삽입, 사정을 해버리면 꼼

작 못할 물적 증거가 생기는 것 아니겠어. 그래서 타월이 있어야 한다고 말했지. 아줌마가 별놈 다 봤다는 표정을 하더니 결국 타월을 가지러 욕실로 들어갔어. 나는 살았다고 생각하고 도망을 쳤지. 도망가기 전에 그 집 벽에 걸려있는 커다란 부부사진과 침실 모양 사진을 핸드폰에 급히 담은 뒤 옷을 들고 벌거벗은 채 방을 나와 도망쳤지. 마침 복도에 비상계단이 있어서 비상계단에 들어가 급히 옷을 입고 탈출 성공."

"아깝다."

김백수가 탄식한다.

"뭐가?"
"그런 절호의 찬스를 놓치다니."

김백수가 장난으로 머리를 긁적긁적하며 아쉬운 표정을 한다.

"가만, 그 집에서 부부 사진을 담아가지고 왔다고 했지."
"맞아."
"그 사진 한번 봐."
날라리가 핸드폰에 저장된 사진을 불러낸다.
남녀가 다정하게 껴안고 키스를 하려는 자세다.
결혼식 때 찍은 사진 같다.
결혼 하는 모든 신부가 그렇겠지만 여자가 예쁘다.

"이 사진을 이용하자."

네 사람은 복수의 방법을 완성하고 만족한다.
네 사람은 이튿날 만나기로 하고 헤어졌다.

"날라리씨 차 한 잔 더해요."

한영빈이 날라리를 데리고 나간다.
만날 때부터 날라리에 눈독을 들이던 한영빈이다.
강민혜는 김백수의 고물 경차를 탄다.

"우리 동네 가면 국물 떡볶이 집이 새로 생겼는데 아주 괜찮아."
"그리 가자는 거지."

그래서 두 사람은 강민혜의 집 근처 국물 떡볶이 집에 가서 배를 채웠다.
"유가 졌으니까 약속 지켜야지."
"무슨 약속?"
"날라리가 하지 않고 도망쳤으니 유가 진거야."
"그런데?"
"그럼 약속대로 봉사해야지. 우리 집으로 가자."

강민혜의 주장대로 김백수는 강민혜의 집으로 간다.

"집에 누가 없어?"
"당연히 있지. 하지만 언니 아뜨리에로 가면 돼."
"언니 아트리에?"
"응, 미대 다니는 언니 아뜨리에가 집안 별채에 있거든. 집 대문을 거치치 않고 들어갈 수 있어."

김백수는 강민혜의 집 근처 골목에 차를 세운다.
강민혜의 집은 담 밖에서 봐도 대저택이다.
엄청 부자 집인가 보다.
높은 담 옆으로 조그만 문이 있다.
강민혜가 백에서 열쇠를 꺼내 문을 열고 안으로 들어간다.

"여기가 언니 아뜨리에야?"
"응, 언니가 스케치하러 뉴질랜드에 가면서 열쇠 하나를 나한테 맡기고 같거든."
"안채에 네 방이 있어?"
"응, 무서운 엄마도 있어,"

아뜨리에는 꽤 넓었다.
여기저기 캔버스와 습작그림이 산더미처럼 쌓여있다.
그림들 사이를 돌아 뒤로 가자 침대가 하나 놓여 있다.

"여기서 가끔 혼자 자기도 해."

강민혜는 서슴없이 옷을 훌훌 벗는다.

"빨리 벗어. 옷 입고 봉사하려는 거야?"

김백수도 옷을 벗는다.

처음 본 것은 아니지만 강민혜의 나체는 정말 아름답다.
흰 살결이 말 그대로 눈부신 청춘이다.
이영애를 꼭 빼닮았다.
금세 김백수의 물건이 벌떡 일어선다.

"오빠는 내가 하라는 대로 해야 돼. 삽입 같은 것 하면 안 돼."

강민혜의 말은 정말 '엄숙' 그대로다.

34. 대리 알바기사의 복수

"키스!"

강민혜의 명령에 다라 김백수가 허리를 굽혀 키스를 한다.

"에이, 허그, 허그."

김백수가 강민혜를 껴안는다.

강민혜는 김백수의 입안으로 자기 혀를 들이밀고 헤젓는다.
싫건 자기 맘대로 키스를 한 뒤 다른 요구를 한다.

"혀로 내 귀속을 핥아."

김백수가 강민혜의 귀속을 핥는 동안 강민혜는 눈을 지그시 감고 즐긴다.
"목!"

다시 김백수가 목을 정성스럽게 핥는다.
강민혜는 간지럼을 타지만 입을 오므리고 참는다.

"여기!"

강민혜가 꼿꼿하게 일어선 젖꼭지를 가리킨다.
김백수가 혀로 젖꼭지를 핥는다.

"으음."

강민혜가 신음을 하며 허리를 비튼다.
쾌감을 즐기는 것이다.
그동안 김백수의 그것은 퉁퉁 불어 말이 아니다.

"와, 거대한데."

눈을 지그시 감고 성감대를 즐기는 강민혜가 김백수의 물건을 슬쩍 만져 보고
탄성을 지른다.
그러나 어떻게 할 생각은 없다.
"배꼽!"

김백수의 입술이 더 밑으로 내려가 강민혜의 배꼽을 핥기 시작한다.
"손은 어디 쓰는 거야?"

강민혜가 김백수의 손을 끌어올려 유방을 애무하게 유도한다.

김백수는 혀로 배꼽을 핥으면서 손은 머리위로 올려 유방을 더듬기 시작한다.

"정말 꼭 이렇게만 해야 돼?"

마침내 김백수가 불평을 한다.

"남자가 약속을 했으면 지켜야지 무슨 불만이야. 하기 싫음 관두던가."

김백수는 군말 못하고 다시 봉사를 시작한다.

"이제 입술을 더 밑으로."

강민혜의 명령에 따라 김백수의 입술이 강민혜의 헤어를 핥기 시작한다.

"조심해. 빠지면 안 돼."
"무성한데... 벌초 좀 해도 되겠어."
"ㅋㅋㅋ. 누구 민둥산 만들려나. 남자들은 민둥산 싫어해. 재수 없다고."

김백수는 다시 묵묵히 봉사를 한다.

"이제 더 밑으로."

더 밑에는 계곡이고, 계곡 가운데는 꽃잎으로 둘러싸인 샘이 있다.
김백수가 입을 계곡으로 가져간다.

"아이고. 인내에도 한계 있다."

김백수가 자기의 욕정을 더 참을 수 없다고 불평을 한다.

"잡생각하지 말고 봉사나 열심히 해요."

강민혜는 김백수가 꽃잎의 이슬을 핥고 있는 동안 성감을 맘껏 즐긴다.

"으흐흐..."

강민혜가 즐거운 신음을 토한다.

"이런 게 섹스 노예라는 거구나."

강민혜가 침대위에 똑바로 누운 채 맘껏 즐기면서 하는 말이다.
김백수가 이번에는 손가락을 강민혜의 샘 가운데로 슬쩍 넣는다.
강민혜의 표정을 살핀다.
강민혜가 눈을 감은 채 가만히 있다.
김백수가 더 깊숙이 넣는다.
"뭐야? 오빠 그것 넣는 거야?"

강민혜가 벌떡 일어난다.

"나 이제 안 해. 마음대로 해."

김백수가 손가락을 빼내고 일어나 앉았다.

"흠, 반항한다 이거지. 여기서 중단하면 벌칙이 있어."

강민혜가 웃지도 않고 말한다.
얼굴은 홍분으로 발그레하다.

"벌칙이 뭔데?"
"앞으로 다시는 나하고 섹스 할 생각 하지 마."
"좋아, 지가 먼저 하자고 덤빌 주제에."

김백수가 오기로 말하지만 뜨끔하다.

"잔말 말고 빨리 계속해요."

김백수는 할 수 없이 작업을 다시 시작한다.

"못 말려, 강민혜."
김백수는 중얼거리며 강민혜의 계곡을 손으로 애무하기 시작했다.
그때였다.
강민혜가 갑자기 김백수를 와락 껴안는다.

"오빠. 됐어, 이제 오빠 거 넣어주어."

김백수는 강민혜의 배위에 엎드려 무쇠처럼 단단해진 거시기를 힘자게 집어

넣는다.

그들의 정사는 온갖 소음과 열기를 뿜으며 오래 동안 계속 되었다.

한편. 한영빈은 '알복' 에 올라온 글을 보다가 재미있는 글을 발견하고 박장대소한다.

"이거 완전 복수다."

대리운전 알바를 하는 어느 대학생의 이야기다.

- 내가 콜을 받고 여의도 국회의사당 건너편 어느 한식집에 도착 했을 때는 12시가 넘어서였다.

인적이 뚝 그치고 쓸쓸한 밤이다.

내가 도착하자 금배찌를 단 넥타이 신사가 체어맨 리무진 차 앞에 서 있다.

"대리 운전 왔습니다."

"너냐? 건방지게 전화 받은 놈이."

"예. 죄송합니다."

물론 내가 전화를 받은 것은 아니다.

그러나 시비를 걸어서는 안 된다.

내가 운전석에 앉는다.

"일산, 에이파크 간다는 것 알지?"

"예. 출발 합니다."

차가 국회 앞 대로로 나왔다.

"야, 잠깐, 영등포역 앞에 잠간 들렸다가 가야 돼."

"시간이 얼마나 걸립니까?"

"한 오분, 아니 십분."

"만원 더 주셔야 겠는 데요."

"짜식, 돈독 오른 놈 아냐? 네가 일당이 얼만데 5분에 만 원을 달라는 거야? 이 새꺄."

금뱃지가 내 머리를 쥐어박는 바람에 나는 뚜껑이 열린다.

금뱃지가 갑인줄은 알지만 나한테는 아니지.

'너 오늘 혼 좀 나봐라.'

나는 차를 횡단보도 선상에 세우고 내린다.

"나 대리 운전 못합니다. 안녕히 가세요."

"야, 야, 대리. 너 이 새꺄, 이러면 안 되지."

나는 내려서 재빨리 건물 뒤에 숨어서 김뱃지의 행동을 보고 있다.

금뱃지가 운전석에 앉는다.

급한대로 차를 횡단로에서 뺀다.

"옳시 너 걸렸다, 이제 '알복' 실시."

나는 112에 전화를 건다.

"여기 국회 앞인데요, 술 취한 금뱃지가 음주운전 하고 있어요."

2분도 안 돼 경찰차가 들이닥친다.

경찰이 음주 측정기를 들이댄다.

금뱃지는 운전석에 앉은 채 꼼짝 없이 걸렸다.

"알복, 통쾌하다."

한영빈은 혼자 만세를 부른다.

35. 매일 밤 아줌마는

날라리의 복수를 위해 다시 모였다.

"그 아줌마 아주 멋있게 사는 것 아닐까?"

강민혜가 갑자기 엉뚱한 이야기를 한다.

"아니 무슨 소리야?"
"그 아줌마 첫사랑을 찾아 헤매는 것 아닐까?"
"뭐라고?"
"그 아줌마 아마 첫사랑에 대한 꿈을 못 잊어 이 남자 저 남자를 찾아 헤매는 것 아닐까?"
"대부분의 사람들은 첫사랑과 맺어지지 않지. 그래서 항상 결혼생활에 환멸을 느끼고 마치 고향처럼 첫사랑을 찾는 것 아니야?"
"야, 무슨 첫사랑이 열 살이나 아래인 연하 남자를 꼬신단 말이야?"

한영빈이 강민혜의 말을 반박한다.

"그 아줌마의 첫사랑, 그 아련하고 삼삼한 추억을 날라리를 보는 순간 되찾을 수도 있지. 나이와 이미지는 상관이 없을 수도 있어."

"얘 오늘 이상하다."

"아, 나의 처사랑은 지금 무엇을 하고 있을까?"

듣고 있던 김백수가 묻는다.

"한영빈 너의 첫사랑은 언제 얘긴 데?"

"유치원 다닐 때, 매일 초콜릿 한 개씩을 몰래 감추고 있다가 나한테 주었지."

"뭐야, 유치원 때라고? 그때 만난 아이가 무슨 첫사랑이야."

김백수가 핀잔을 준다.

"무슨 소리야. 우린 그때 벌써 애기를 어떻게 만드는지 알려고 노력했어."

"ㅋㅋㅋ. 어떻게 만드는데?"

"걔가 바지를 벗고 잠지를 꺼내 나보고 빨라고 했어. 그러면 애기가 생긴다고 하더라니까."

"ㅋㅋㅋ. 걔는 그걸 어떻게 알았대?"

"엄마 아빠가하는 것 봤대. 그래서 동생이 생겼대."

"걔 엄마 아빠 조심성 없는 부부네. 애들 보는 줄도 모르고 69 게임이나 하고."

"옛날 부부도 69 게임을 했구나."

"그건 인류가 생기면서 부터 있었던 섹스 테크닉이야."

이야기가 점점 엉뚱한 곳으로 번져갔다.

"한영빈은 어제 날라리하고 어디 갔었지?"

김백수가 한영빈을 보고 물었다.
한영빈은 갑자기 얼굴이 붉어진다.
날라리가 얼른 대답한다.

"모텔...."
"뭐야?"
"모텔 앞을 지나가서 레스토랑에 가서 돈까스 먹었어."

한영빈의 얼굴이 환해진다.

"슬데 없는 소리 그만하고 준비한 것 내놔봐."

김백수가 잡담을 중단 시키고 '복수' 작업을 독려한다.

"모두 장갑 껴요."

모두 얇은 비닐장갑을 꺼내 낀다.
너무 얇아 장갑을 꼈는지 안 꼈는지 구분이 가지 않는다.

장갑을 낀 것은 지금부터 하는 작업에서 지문을 남겨놓지 않으려는 준비다.

"내가 복사해서 다섯 장 만들었어."

날라리가 대 봉투에서 A4로 된 복사 사진 5장을 꺼낸다.

사진은 날라리가 아줌마 침실에서 촬영해 온 부부의 결혼식 때 찍은 포옹하는 사진이다.

사진 위와 아래 빈자리에 빨간 글씨가 낙서처럼 쓰여 있다.

"후후후."

"ㅋㅋㅋ."

모두 글을 보고 웃는다.

이 이상한 포스터를 아줌마가 사는 아파트 현관 등에 버려 놓는다는 작전이다.

구겨진 종이를 주워 본 주민들이 얼마나 웃을까?

"위장 코스프레이는?"

CCTV의 추적을 피하려면 위장이 필요하다.

"난 이거."

한영빈이 요구르트 아줌마 유니폼을 내 보인다.

챙이 넓은 모자도 있다.

"나는 남자다!"

강민혜가 바바리코트를 내 보인다.

"나는 우리 아버지 옷을 가져왔지."
날라리가 경찰복을 내 보인다.

"나는 이거다."

김백수는 전에 쓴 일이 있는 후드코트를 내 보였다.

"자 그럼 각자 준비하고 나와."

커피숍에서 만난 일행은 모두 화장실에 들어가 변장을 하고 나왔다.

"레츠 고우."
경찰관이 앞장서고 바바리 남자가 뒤에 선다.
그리고 후드코트를 입은 남자와 야쿠르트 아줌마가 뒤를 따른다.
물론 얼굴은 최대로 가렸기 때문에 누군지 구분 할 수가 없다.
네 사람은 아파트 단지 까지 김백수의 고물차를 타고 간다.
아파트에서 멀리 떨어진 곳에 차를 세우고 각자 수단껏 아파트 입구에 도착한다.
네 명은 각 작전 지역으로 간다.
작업 시작한지 채 5분도 안 걸려 모두 임무를 마치고 나온다.
네 사람은 차안에서 코스프레 복장을 다 벗고 원래의 남녀 네 사람으로 돌아온다.
아파트 건너편에 있는 이키야 커피숍에서 성공을 축하하며 하이파이브를 한다.

한편.

"어? 이게 뭐야?"

퇴근하던 아파트 주민인 젊은 여자가 아파트 입구 현관에 구겨진 채 버린 종이를 주워든다.

"누가 이런 걸 여기다 버려."

여자는 구겨진 종이를 버리려다가 펴본다.

"아니 이거 303호실 부부아냐."

여자가 키스하고 있는 부부 사진을 보고 금세 알아본다.

"그런데 이게 뭐야?"

여자가 거기 볼펜으로 갈겨 슨 글씨를 읽어본다.

- 여보 오늘밤도 알지? 힘차게 해 줘용.

종이를 주워든 젊은 여자는 황당해서 한참 있다가 너무 웃긴다고 배꼽을 잡는다.
사진과 함께 낙서한 문구도 가지가지다.
이 낙서 사진은 아파트 곳곳에서 발견된다.

주워온 주민들이 배꼽을 잡는다.

- 여보 오늘은 퇴근 때 샤워 끝내고 준비하고 있을게요.
- 이제는 두 번 했지요. 침대와 욕실.

휴지로 보이는 303호 부부의 이런 사진은 아파트 여러 층에서 다섯 장이나 발견되자 아파트에는 대 소동이 일어난다.

"어떤 못된 놈이 이런 장난을 친 모양인데, 303호 부부와 무슨 원수진 놈이라도 있나?"
"303호 아줌마는 어쩐지 밝히게 생겼어."
"매일 한다니 최고의 남자네."
뒤늦게 자기들 이야기가 퍼진 줄 아는 아줌마 부부는 창피하고 분해서 멘붕 상태가 되었으나, 누구의 짓인지 밝힐 엄두도 못 낸다.

36. 알바가 알바를...

알바들의 서러운 일을 호소하고 복수할 방법을 제시하는 '알복' 사이트는 날마다 올리는 글로 넘친다.

최근에 가장 많이 올라온 글은 알바들의 복지에 관한 것이다.

부당한 대접을 받은 알바들의 억울한 사정을 호소하는 글이 그 다음이다.

억울한 일을 당한 케이스를 보면, 부당한 임금을 받는 것, 소위 '꺾기'라는 것이다.

두 번째는 인격적 대우를 받지 못한다는 것이다.

인격적 대우를 받지 못한다는 내용은 대개 하인 취급 한다는 것이었으나 때로는 성적 비하가 올라온다.

성적 비하 중에는 사용주가 신체적 접촉을 부당하게 요구하는 것부터 성의 제공을 강요하는 경우도 있다.

사용주는 지식의 고하를 막론하고 발생한다.

대학교수가 조교에게 행하는 성적 조롱과 육체 제공 요구, 편의점 등 소규모 영업장 주인의 신체접촉 요구, 공무원 등 중간 사용자의 성희롱과 술자리, 노래방 등에서의 신체접촉, 때로는 동성끼리 성적 요구를 하는 경우도 있다.

"전국 알바생이 500만이라고 하는데, 뭉쳐서 권익을 주장할 때도 되지 않았어?"

알복 사이트의 주요 멤버가 된 날라리가 늘 주장해온 말을 또 한다.

"그래서 알바 노조 준비위 같은 게 있어."

김백수가 아는 체한다.

"외국계 패스트푸드 점에서 알바에 대한 횡포가 심해 알바노조가 점거 데모도 한 일이 있어요."

한영빈이 다 아는 이야기를 한다.

"우리도 복수만 할 것이 아니라 좀 전진적인 일을 생각해야 하지 않을까? 알바생들에게 도움이 되는 일."

강민혜의 말에 날라리가 답한다.

"맞아. 알바 생 전체를 위한 캠페인이라도 벌리는 것이 어떨까?"
"그런 건 노동조합이나 시민단체에서도 많이 하잖아. 가만, 이것 좀 봐요."

인터넷을 검색하고 있던 한영빈이 알복에 올라온 글을 소개한다.

- 나는 유명한 주유소 체인점에서 일하는 14학번 여자 알바다.

알바 생은 모두 네 명인데, 세 명은 남자다.

학생은 없고 중졸, 한명 고졸 한명, 고교 중퇴 한명이다.

고퇴 아이는 입만 열면 욕을 쏟아낸다.

소년원을 다녀오기도 한 막가는 녀석이다.

다른 두 남자 아이는 줏대도 없고 용기도 없다.

자연히 고퇴가 보스가 되었다.

함께 라면집에 저녁이라도 먹으러 가면 꼭 소주 한잔을 먹어야한다. 라면 한 개 씩을 먹었는데, 술 한 병은 고퇴가 마시고도 와리깡을 해야 한다.

"야, 우리 노래방 한번 가자."

고퇴가 앞장선다.

"빨리 들어가야 해. 주유소를 다 비우면 어떻게 해."

중퇴가 만류하지만 소용없다.

"쓰벌시키 까고있네. 임마, 네 주유소야?"

할 수 없이 노래방을 간다.

나는 노래방이 제일 싫다.

노래를 부르면서 고퇴는 꼭 나보고 같이 춤을 추잔다.

춤추면서 내 몸을 마구 더듬는다.

중졸과 고졸은 그냥 보기만 한다.

어쩌다가 고졸이 그넘 흉내를 내서 내 몸을 한번 더듬다가 고퇴한테 된통 터졌다.

"야, 우리 노래 불러서 점수 못나온 사람 옷 벗기 내기하자."

어느 날 고퇴가 엉뚱한 제의를 했다.
나는 좀 난감했다. 여자인데다가 음치이기 때문이다.

"좋아 좋아, 꼴찌 할 때마다 옷 한가지 씩 벗기."

고졸과 중퇴가 대찬성이다.
그래서 이상한 게임이 시작되었다.
그런데 이상하게도 내가 1등을 했다.
노래방 기기가 이상하다.
노래방 기기는 음악선생과는 전혀 다르다.
"벗어, 벗어."

약속은 약속이니까 할 수 없다.
고졸, 중졸이 모두 웃옷을 벗었다.
그런데 고퇴는 윗옷을 벗지 않고 바지를 벗었다.
팬티 차림에 장딴지에 숭숭 난 털이 흉측스럽다.
그러나 옷 한가지 씩 벗기로 했기 때문에 별 수가 없다.

다시 2차전.
이번에도 내가 최고점인 99점을 받았다.
세 남자는 다시 옷 한가지씩을 벗었다.

고퇴는 윗옷을 벗어 런닝셔츠와 팬티 차림, 중졸과 고퇴는 윗옷 한 가지가 더 있어서 런닝 차림은 아니다.

3차전. 이번에도 내가 1등이다.
참으로 신기하다.
고퇴가 런닝셔츠를 벗었다.
가슴이 딱 벌어지고 뱃살도 없다.
훌륭한 스무 살 청년의 몸매다.
이제 팬티하나만 남았다.
중졸과 고퇴는 바지만 벗었다.

4차전.
이번에도 내가 1등하면 고퇴가 맨몸이 된다.
나는 생각만 해도 아찔하다.
그런데 다행히 이번에는 고퇴가 1등이다.
나는 블라우스를 벗었다.
브래지어가 있어서 다행이다.

중퇴와 고졸은 팬티만 남았다.

"이제 그만해요."

나는 참다못해 이의를 제기했다.
브래지어만 남은 나의 가슴을 보는 세 남자의 시선이 너무나 부담스러웠다.
특히 고퇴의 눈은 정욕으로 불타는 것처럼 느껴졌다.

"알았어. 그럼 작전 타임이다. 점수는 보지 말고 노래하며 춤이나 한 번씩 춘다."

고퇴의 말은 임금님 말씀이다.
먼저 노래를 진짜 잘 부르는 고졸이 한곡 불렀다.
고퇴는 나를 일으켜 세워 손을 잡고 노래를 부르기 시작했다.
그의 한 손이 나의 등을 슬슬 만지기 시작했다.
몸을 자꾸 나한테 밀착했다.
그의 팬티에서 딱딱한 물건이 나와 나의 아랫배를 괴롭혔다.
나는 엉덩이를 뒤로 빼고 그 물건을 피하려고 했지만 맘대로 되지 않았다.

37. 야동 통역 부탁

나는 엉덩이를 뒤로 빼고 엉거주춤한 자세로 그의 손을 잡고 한 곡이 빨리 끝나기만 기다린다.

마침 한 곡이 끝나고 나는 소파로 돌아와 앉는다.

"다음은 우리 여성 가수가 노래와 춤을 선사합니다."

고퇴가 다시 나를 불러낸다.

나는 할 수 없이 노래를 하면서 엉덩이를 조금 흔든다.

"더 쎄게 흔들어. 남자가 앞에 있다고 생각하고."

고퇴가 나와서 나를 다시 끌어안는다.

팬티만 걸친 그는 반라의 상태였다.

중퇴와 고졸도 덩달아 일어나 춤을 추기 시작한다.

모두 이제 팬티 하나만 걸친 상태였다.

"야. 너도 스커트 벗어."

이번에는 중졸이 나서서 나의 스커트를 벗기려고 한다.

이건 해도 너무한 성희롱, 아니 성추행이다.

"왜이래. 싫단 말이야."

나는 스커트를 움켜쥐고 벗기지 않으려고 애를 쓴다.

그러나 소용이 없다.

이번엔 고졸이 나서서 거드는 바람에 내 스커트는 속절없이 벗겨진다.

나는 브래지어와 팬티 차림이고 나머지 남자 셋은 팬티 차림이다.

나도 하는 수 없이 휩쓸려 광난 같은 막춤을 추기 시작한다.

고졸과 중졸이 서로 부둥켜안고 춤을 추고 고퇴는 나를 끌어안고 비벼대기 시작한다.

나도 그 미친 열기에 익숙해지기 시작한다.

노래는 어느새 헤비메탈 같은 귀를 찢는 고음으로 바뀐다.

템포도 엄청 빨라 리듬에 맞추자면 격렬한 춤을 추어야 한다.

고퇴는 숨을 헐떡이면서 나를 마구 주무르기 시작한다.

자기의 성난 남성을 내 몸에 붙이고 비벼대기 시작한다.

손으로 내 히프를 쥐고 몸부림을 친다.

그것뿐만 아니다.

고졸과 중졸도 나한테 덤벼들어 젖가슴을 주무르기 시작한다.

중졸은 자기의 성난 물건을 내 몸에 대고 흔들기까지 한다.

"그만, 미쳤어?"

내가 더 견디기 힘들어 소리를 질렀다.

모두 잠깐 주춤했다.

"뭐야. 노래 불러. 어이 중졸 빨리 노래 불러."

고퇴가 흥분해서 마구 고함을 지른다.

"제길 할 이게 다 뭐야!"

마침내 놀라운 만행이 저질러진다.
고퇴가 팬티를 벗어 던졌다.
완전 알몸이 된 그의 아랫도리가 내 눈을 찔렀다.
시커먼 음모 속에서 그것이 불쑥 솟아있다.

"악!"

나는 남자의 물건을 처음보고 놀라 비명이 저절로 나왔다.
나는 더 참지 못하고 노래방 문을 박차고 밖으로 튀어 나온다.

"누구 없어요?"

나는 무턱대고 소리를 지른다.
노래방 주인 아저씨가 튀어 나온다.
그는 브래지어와 팬티만 입은 내 모습을 보고 별로 놀라지도 않는다.
이런 일이 예사로 일어나는 모양이다.
그는 나를 흘깃 보더니 이상야릇한 웃음을 씩 흘리고 우리가 있던 노래방으로 들어간다.
무슨 소리를 했는지 조용해졌다.
나는 옷을 가지러 다시 들어갔다.
노래방 기기는 불이 꺼지고 남자 셋은 옷을 입고 있었다.
나도 재빨리 옷을 입었다.

"너무 심해지면 도를 넘을 수도 있어. 그게 젊은 혈기니까. 시간 다 된 것 같은데 더 놀 꺼야?"

주인아저씨가 아무 일도 없었던 것처럼 이야기한다.

"이제 들어가지. 자리를 너무 비웠어. 깎기 당하게 되었네."

다행이 고뢰가 제정신으로 돌아온 것 같다.
우리는 주유소로 다시 돌아 왔으나 깎기를 당해 시급 한 시간씩 모두 깎인다.

"이것 누구한테 복수를 해야 합니까?"

주유소 알바 14학번 여학생은 이렇게 질문을 던지고 글을 마쳤다.
"햐~ 이거 알바가 알바한테 복수해야 하는 것 같은데."

김백수가 감탄한다.

"이런 경우는 어떻게 해야 하나?"
"어떻게 하긴, 고뢰 놈을 혼내줘야지."

"맞아. 그래서 알바 세계의 질서를 잡을 필요가 있어. 알바 노조나, 알바연합회, 알바 지키기 법 같은 것을 만들어야 해."

날라리는 언제나 강민혜의 편을 들었다.
둘이 급속하게 가까워지는 것 같다.

"이것 좀 보아. 다른 주유소 알바가 올린 글이야."

왈가왈부하는 중에 한영빈이 다른 알바 글을 보라고 태블릿을 내민다.

나는 휴학 중인 주유소 알바.
우리 주인은 여사장이다.
여사장은 성깔이 얼마나 고약한지 비위 맞추기가 힘들다.
그래서 그의 세 번째 남편도 도망가고 지금은 혼자 산다.
나 혼자서 거의 12시간을 일하고 나머지 여자 알바 둘이서 12시간을 한다.
그런데 시급을 합쳐 받는 월수입은 셋이 똑같다.
나하고 여사장과 둘이 있을 때는 모든 일을 나한테 시킨다.
라면 끓여오라, 그릇 설거지하라, 심지어 어깨 좀 주물러라, 이런 일을 시킨다.
그 정도는 참을 수 있는데 아주 곤란한 일을 자주 시킨다.
컴을 뒤져 야동 사진을 찾아 놓으라는 것이다.
여사장은 컴맹이라서 혼자 힘으로 유튜브나 야동을 찾지 못한다.
야동도 한국 것은 싫다고 일본 것을 찾아 놓으라는 것이다.
처음에는 몇 건을 다운 받아 주었더니 그 이튿날 아주 싱글벙글했다.
그런데 어느 날부터 고약한 일이 생겼다.
내가 일어일문과에 다닌다는 것을 알고는 야동을 같이 보면서 통역을 해달라고 한다.

 아무리 나이 차이가 있다고 하지만 여자와 함께(나는 남자다) 야동을 본다는 것은 보통 괴로운 일이 아니다.

 그런데 그것을 통역까지 해 달라니 기가 막힐 노릇 아닌가.

38. 알바도 노동자다

"주유소 알바 이야기는 고통스럽다고 할 수 없잖아."

강민혜가 글을 읽어본 뒤 하는 말이다.
"무슨 소리야?"

한영빈의 말이다.

"야동 보는 것도 즐거운데 여자하고 같이 보면 더 재미있을 것 아냐?"

날라리도 강민혜 편을 든다.

"그게 같은 또래 여친과 보는 것도 아니고, 엄마 같은 아줌마와 보면서 한자리에 앉아 있다고 하는 것도 고통스럽다고 봐야지. 더구나 통역까지 해 달라면... 어이구."

김백수가 고개를 흔든다.

"아니야. 연상이라고 생각하면 그만이야. 근데 일본 사람들은 그거 할 때 뭐라고 한대?"

강민혜가 날라리를 보고 묻는다.

"ㅋㅋㅋ. 한국 여자들은 뭐라고 한대?"
"뭐 소설 같은 데 보면 남자들은 좋았어? 그런 말 한다며?"
"그건 끝난 뒤에 하는 소리고, 오르가슴에 올라 갈 때는 뭐라고 신음을 토한다고 하잖아."
"말을 하지 않고 끙끙 앓는 신음 소리만 내는 것 아니야?"
"너희들은 뭐라고 하니?"

강민혜가 일행을 돌아보며 묻는다.
모두 서로 얼굴을 쳐다본다.

"해봤어야 알지."

한영빈의 말이다.

"한 번도 안 해봤어?"
"응, 스킨십은 해봤어."
"백수도?"
강민혜가 묻자 얼굴만 벌겋게 된다.

"나는 아이 좋아. 으으. 그렇게 하는데."

강민혜의 말에 모두 웃는다.

두 사람의 대화를 듣고 있던 한영빈이 나선다.

"우리나라 예날 음담패설 같은 것 보면 여자의 매력 중에 '감창' 이라는 것이 있다고 하거든."

"감창?"

"감사하다고 창을 부르는 거야?"

김백수가 묻는다.

"감창은 달감(甘)과 소리라는 창(唱)이래. 달콤한 소리라고나 할까?"

"아니야. 감동 한다는 감(感)일거야. 당신의 물건에 감동합니다하고 칭찬을 해주는 뜻이 아닐까? 아이고 나죽는다. 아이고 죽겠다. 뭐 이런 말 아니겠어?"

"어쨌든 나라마다 오르가슴 언어가 있을 텐데..." "미국 여자들은 'comming' 이라고 한대."

"온다, 온다 라는 뜻인가?"

"그냥 너무 즐거워서 하는 감탄사니까 별 뜻이 있을라고?"

"일본 여자들은 쿠루라는 말을 많이 쓴대. '온다' 는 뜻이지. 감이 온다는 뜻이 거나 절정이 온다는 듯이거나..."

"주유소 알바를 만나 일본 남녀의 섹스 감탄사를 한번 물어 보는 것이 어때?"

강민혜가 제의한다.

"맞아. 그게 좋겠어. 주유소 여사장은 복수를 한다는 것이 좀 이치에 맞지 않는 것 같아."

날라리의 의견이다.

"꼭 그렇게 볼 수도 없어. 알바의 노동 제공은 육체적 노동도 있지만 감정 노동자도 얼마나 많아. 주유소 알바의 경우는 육체노동과 감정 노동 두 가지를 다 제공하라는 경우지."
"여자의 요구로 섹스를 해주는 것도 감정노동과 육체노동을 함께 제공하는 것이지."
"맞아, 맞아."

일행은 모두 파안대소한다.

"또 올라왔어."

한영빈이 태블릿을 다시 내밀어 '알복' 게시판 중 한 글을 클릭한다.
알바노조를 비롯한 몇몇 단체가 '알바생'이라는 용어가 적당하지 않으니 '알바 노동자'로 고쳐 달라는 것이다.
이것을 주장하는 알바들은 언론에서부터 고쳐 써야 한다고 건의한다.
얼론 중재 위원회에도 의견서를 내고 국립국어원에도 건의서를 낸다고 한다.
'알바생'이라는 용어는 잠깐 일할 사람이니까 근로계약서, 4대 보험, 최저임금, 산재보험 같은 것은 필요 없다고 생각하기 쉽다는 것이다.
심지어 옛날에는 학생들이 학비에 보태기 위해 틈틈이 아르바이트를 했지만, 지금은 생계형 알바가 얼마나 많은가.
60~70대 노인에게 '노인 알바생'이라는 것은 얼마나 웃기는 말이냐고 한다.
이 글을 읽고 모두 동감을 했다.
"앞으로 우리 목표를 알바 노동자가 당한 억울함을 복수하는 데만 그치지 말고 보다 근본적인 일도 하는 것이 좋겠다. 모두 어때?"

김백수가 제의했다.

"맞아. 알바 노동자가 전국에 5백만 명이라는 설도 있어. 그런데 알바 노동자는 노동자 대우도, 임시직 대우도 못 받아. 그럼 법을 마들어야 해."
"우리의 목표 중 하나를 '알바 노동자 법'을 만드는 것으로 하자. 우선 초안을 만들어 국회에 제출 해야지."

"국민 입법으로 하자."
한영빈이 소리친다.
"그러면 우선 법률과 노동 문제의 동아리 같은 데 협조를 구하는 게 어떨까?"
"'알복' 게시판에 이런 문제에 관심이 있는 회원을 찾아보아. 초안이 완성되면 가두시위도 하고 거리 서명운동도 해야 할 거야."
"그것도 노동 운동이네."
"촛불 집회도 열어야지."
"그렇다고 우리 창설 이념인 억울한 알바 노동자 복수해주기를 잊어서는 안 된다."
김백수가 다짐했다.

"그런 뜻으로 주유소 알바 초대하고 실정을 들어보자. 야동도 검증 해야지."
"흥, 잿밥이군."

강민혜의 말에 한영빈이 콧방귀를 꿰었다.

39. 주유소 섹시 여사장

김백수는 주유소 알바를 찾아낸다.

그의 아이디를 여러 군데 조회하다가 마침내 같은 아이디를 쓰는 세 사람에게 연락을 했는데 그중 한사람이 주유소 알바다.

- 주유소 알바님.

나는 '알복'의 카페지기 김백수입니다.

꼭 만나서 얘기 좀 더 듣고 싶은데 미팅 할 수 있는지요?

관심 있으면 연락 바랍니다.

이어 회답이 왔다.

- 좋아요. 목욜 오후 6시 광화문 KT건물 커피숍에서 만나요. 2층에 있을게요.

흰 바지에 노란셔츠 입은 넘을 찾아보세요.

김백수와 강민혜가 같이 그를 만나러 간다.

KT 1층 홀도 늘이기 오른쪽을 돌아가면 2층으로 가는 계단이 있다.

김백수는 강민혜의 뒤를 따라 계단으로 올라간다.

들어서자마자 흰 바지에 노란 셔츠를 입은 남자가 태블릿을 놓고 무언가를 열심히 치고 있다.

남자의 복장 치고는 이상했지만 그런대로 잘 어울린다.

첫눈에 덩치가 크고 인물이 잘생겼다고 생각한다.

먼저 나서기를 좋아하는 강민혜가 다가가서 말을 걸었다.

"실례합니다. 혹시 주유소 알바세요?"

남자는 고개를 들고 강민혜의 아래위를 훑어본 뒤에 싱긋 웃는다.

"강민혜씨군요."

"예? 저를 아세요?"

"알복에서 글을 자주 봤습니다."

주유소 알바는 눈이 서글서글하고 입이 크다.

김백수가 다가가서 인사를 했다.

"김백숩니다."

김백수가 손을 내밀자 악수를 하면서 그도 반가운 표정으로 말한다.

"마군입니다."

"마군이라고요?"

"예. 성이 마(馬)가고 이름이 군(君)입니다. 이상한 이름이지요? 제 탓이 아니고 아버지 탓입니다. 말 마자에 임금 군자입니다. 선생이 제자들을 부를 때 김군, 박군 하는 그런 것과 같아요. 일본 말로는 '기미'라고 그대란 뜻으로 쓰지요."

"어쨌든 반갑습니다. 나는 이름이 백수라서 그냥 백수 노릇을 하고 있습니다."

세 사람은 처음 만났지만 오래 전부터 아는 사이처럼 친밀감을 느낀다.
마군은 우선 자기소개부터 자세히 했다.
지금은 대학 일어일문학과 4학년에 재학 중이라고 한다.
군대 갔다가 제대하고 와서 복학 한지가 1년 되었다고 한다.
따라서 나이도 김백수 보다는 세살이 많고 강민혜보다는 네 살이 많았다.

"인사동에 칼국수 잘 하는 집 있는데 같이 가지요."

마군의 제안으로 세 사람은 인사동 골목 안에 있는 5천원자리 칼국수 집으로 간다.
칼국수 보다는 막걸리를 마시러 오는 사람이 많은 곳이다.
안주와 술값이 싸다.

"주유소 아줌마는 나이가 얼마나 돼요?"

자리에 앉자마자 강민혜가 묻는다.
"나보다 열 두어 살 많아요."

"그럼 마흔?"

김백수가 묻는다.

"확실히 모르지만 비슷해요."

"예뻐요?"

강민혜가 다시 묻는다.

"글쎄 예쁘다는 기준이 어떤 것인지 잘 모르지만, 일단 섹시하게는 보여요."

"남편은 없나요?"

"있어요. 외교관인데 멀리 가 있다고 했어요."

"일본 포르노는 통역을 해 주었어요?"

마군은 대답을 하지 않고 빙긋 웃는다.

그때 막걸리와 간단한 안주가 들어왔다.

김백수가 마군의 잔에 술을 따른다.

셋은 잔을 부딪치면서 술을 한잔씩 마신다.

"통역을 했어요. 그런데 그게 좀 애매해요."

막걸리를 단숨에 들이켠 뒤 마군이 말한다.

"애매하다니요?"

"민혜씨는 일본말로 웃어보라고 하면 어떻게 웃겠어요?"

"헐~ 이네요."

"여자나 남자가 섹스를 하면서 좋아서 내뱉는 말이 무슨 뜻이 있나요? 물론 그 중에 몇 마디는 말을 하지요. 하지만 대개는 말이라기보다는 앓는 소리나, 감탄사일 뿐입니다. 소리이지 말이 아니기 때문에 번역이라는 것이 불가능해요."
"그렇겠군요. 몇 편이나 통역했어요?"

이번에는 김백수가 물었다.

"아마 20편도 넘을 것입니다. 일본 포르노는 실제 피스톤 운동 하는 시간보다는 전희 같은 절차를 거치는 것이 많기 때문에 그런 것은 통역이 가능하지요. 그러나 막상 삽입한 뒤에는 몇 마디 단어 외는 통역이 안돼요."
"대개 어떤 말을 하나요?"

김백수는 그것이 궁금하다.
"쯔요이, 요이, 쿠루, 이꾸, 아이시, 모또모또, 하야꾸 … 뭐 그런 의미가 별로 없는 말을 해요."

그날 밤.
세 사람은 늦도록 술을 마셨다.
마군은 자기 이야기를 열심히 하고 두 사람은 들어주는 편이었다.
강민혜는 마군에게 홀딱 빠져 나중에는 취중에 키스까지 했다.
강민혜는 새로운 남자를 만나면 무조건 끌어들이는 매력을 가지고 있다.
김백수를 만났을 때도 그랬고, 날라리를 만났을 때도 그랬다.
이제는 마군에게 접근한다.
그 속도가 김백수나 날라리 때 보다 훨씬 빠르다.

40. 마침내 박차고

"그런데 중요한 문제에는 아직 답을 안했어요."

강민혜가 마군의 팔을 붙들고 조른다.

"뭔 대요?"

마군은 강민혜보다 한영빈에 더 신경을 쓰는 것 같았다.

"주유소 사장 아줌마가 마흔이라고 했지요?"
"확실히는 몰라요. 대충 그쯤 되지 않았나 하는 것은 내 짐작이지."
"마흔 된 사람과 한 기분은 어땠어요? 우리 또래보다 좋았나요?"

강민혜는 벌써 인사불성 직전까지 맛이 갔다.

"공짜는 안 되고..."

마군은 말을 하면서 한영빈의 표정을 슬쩍 살핀다.

"그럼 뭘 달라는 거요? 나를?"
"좋아. 민혜가 한 번 준다면 이야기 하지."
"나도 좋아. 그러나 일단은 입술이야."

강민혜가 입을 쑥 내밀고 마군의 얼굴로 가져갔다.
마군은 뺨에 쪽 소리가 나도록 키스를 했다.

"너희들 덩말 이러기야?"

김백수가 혀 꼬부라진 소리를 한다.

"김백수. 참아. 넌 더 좋은 것 내가 줬잖아."

강민혜가 손가락으로 김백수의 아래를 가리키며 말한다.

"뭐야? 뭘 줬다는 거야?"

한영빈이 눈이 동그래진다.
그 중에 가장 덜 취한 사람이 한영빈이다.

"웃기고 있네. 어이 마군아, 주유소 아줌마 하고 한 이야기 해봐. 그동안 몇 번이나 했어?"

김백수가 황급히 화제를 돌리려고 한다.

"아줌마는 말이야 보통 아마추어하고는 달라요. 결혼 생활 10년이 넘었으니 성 생활에는 김백수나 강민혜 같은 새내기가 당 할 수 없지."

마군도 술이 거나해지자 말을 마구 퍼낸다.

"내가 새내기인지 아닌지 해 보지도 않고 큰 소리 치는 거야? 한번 해 봐. 혀를 내두르게 만들 테니까."
"그래, 전문가 급인 주유소 아줌마와 한 경험담을 털어봐 보아."
"할 수 없이 어느 날 밤 주유소에 휴업 팻말을 붙이고 주유소 뒤편에 있는 주택의 안방으로 들어가서 야동을 보기 시작했지."
"어떤 내용이었어?"
"야동이야 뻔하지 남녀가 벌거벗고 섹스 하는 것 밖에 더 있어?"
"그래도 다 다르잖아. 일본은 어떻게 해?"
"안방에 들어가서 내가 다운 받은 일본 야동을 틀었는데..."
"어디다 틀었어? 컴에?"

모두 호기심이 많다.

"컴을 TV에 연결했지. 안방에서 보면 영화관의 스크린 못지않아요. 오디오도 좋고."
"빨리 본론으로 들어가."

갑자기 모두 취기가 사라졌는지 근엄한 표정을 짓는다.

호기심이 발동해 모두를 긴장시킨다.

- 세라복(고복)을 입은 여학생이 남자 집을 방문한다. 남자는 유카다(목욕복)를 입고 나와 여학생을 데리고 들어간다. 침대에 나란히 걸터앉아 이야기를 나눈다.

"몇 살이지?"
"고 1이에요. 열일곱."

거짓말이다. 스물일곱은 되어 보인다.

"남자 좋아해?"
"예. 친척 오빠하고..."

여자가 손을 뻗어 남자의 유카다 자락(유카다는 두루막 처럼 생겼다.)을 제치고 남자의 물건을 만진다.
야릇한 웃음을 띠고 남자에게 입을 맞춘다.
남자는 더 못 참고 여자의 세라복을 벗긴다.
여자가 후다닥 벗어 버린다.
남자도 유카다를 벗는다.
거대한 남성이 불끈 솟은 모양이 화면을 압도한다.
나는 아줌마의 표정을 보았다.
흥분해서 얼굴이 벌겋게 되었다.
야동 속의 남자는 여자를 번쩍 들어 침대에 눕히고 사타구니로 얼굴을 가지고 간다.

"이야, 이야.(싫어, 싫어)"

여자가 일부러 앙탈을 한다.
그러나 다리를 하늘로 치켜들고 좋아한다.
이번에는 여자가 남자의 물건을 입안에 덥석 집어넣는다.

"으흐."

이 대목에서 야동을 열심히 보고 주유소 아줌마가 비명을 토한다.
남자가 짐승 소리 같은 감탄사를 뱉는다.
아줌마가 번역을 하라고 하지만 번역이 안 된다.
야동의 여자는 남성을 입에 넣었다가 뺐다가를 몇 번 반복한다.
마침내 남자가 여자를 침대에 반듯이 눕힌다.
주유소 아줌마의 얼굴은 이제 홍분에서 긴장으로 바뀐다.
남자가 여자의 하체 아래에 꿇어앉는다.
여자의 꽃잎을 헤치고 샘으로 천천히 남성을 밀어 넣는다.
여자가 입을 딱 벌리고 가쁜 숨을 토해낸다.
이때 주유소 아줌마도 가쁜 숨을 내쉬며 블라우스를 풀어 제친다.
옆에 있는 마군을 전혀 의식하지 않는다.
통역을 영화관의 더빙 소리쯤으로 의식한다.

야동의 남자가 피스톤 운동을 시작한다. 동시에 두 손으로 여자의 유방을 주무른다. 남자의 엉덩이가 율동적으로 출렁거리다.

"하야꾸. 하야꾸.(빨리, 빨리)"

여자의 재촉 소리를 통역한다.

주유소 아줌마는 자기 유방을 주무르는 속도를 더 빨리한다.

아줌마는 마침내 브래지어를 내 던지고 치마도 벗어 던졌다.

팬티 하나만 남았다.

마군은 이제 어떻게 해야 하는지 난감하다.

마침내 통역이고 뭐고 집어치우고 방을 뛰쳐나온다.

41. 두 번째 오빠

"주유소 아줌마의 경우 마군이 곤욕을 치르기는 했으나, 특별히 복수를 해야 할 명분이 좀 약하지 않을까요?"

김백수, 한영빈, 강민혜, 마군, 날라리 이렇게 다섯 사람이 모인 자리에서 한영빈이 말한다.

"날라리씨 본명이 뭐요?"

마군이 물었다.

"독고구요."
"뭐? 독구"
"독고는 성이고 이름이 구요. 개 구 자가 아니고 아홉구."
모두 웃는다.
한영빈은 마군에 대해 별로 좋은 감정을 가지고 있지 않았다.
그래서 주유소 아줌마 편을 들고 싶었다.

마군이 강민혜 한테 지나치게 관심을 가지는 것 같아, 일종의 질투 같은 것을 느낀다.

"나도 그렇게 생각해."

김백수가 동의를 표했다.

"택배가 성적 모욕을 당한 사건인데 복수가 어렵다는 것은 말이 안 되지. 자의에 의하지 않은 성적 행위를 유발하는 것도 범죄에 속하는 것 아닌가?"

"그렇다면, 우리 아버지는 맨날 벌 받아야 하겠네."
"ㅋㅋㅋ."

모두 웃는다.

"바보처럼 한번 하지도 못하고 뛰쳐나와? 마 선배 혹시 …"

한영빈이 다시 빈정거렸다.

"사회정의, 아니 가정 평화를 돕는 의미에서도 주유소 아줌마는 혼나야 하지 않을까?"

강민혜가 여전히 강경하다.

"남편이 외국 나가 장기체류 하고 있다니까, 아줌마도 몸 풀고 싶었을 섯 아니야. 그게 조금 빗나가기는 했지만."

"주유소 아줌마의 성욕을 가지고 우리가 다툴 필요는 없고... 알바 인권 문제 어떻게 했으면 좋겠어요?"

날라리 독고구가 말을 꺼낸다.

"지금 일부 지역에서 알바 노조를 만들고 투쟁을 하고 있어요. 일차 목표는 시급을 1만 원으로 올리자는 거고."

"그게 성공 할 수 있을까?"

"모두 나서서 뭉치면 될 거예요. 옛날에 어느 나라에서 아줌마들이 남편이 말을 듣지 않는다고 일제히 잠자리를 거부 하는 파업을 했어요."

"여자들 자기들도 하고 싶을 텐데?"

강민혜가 말한다.

"그래 어떻게 되었어요?"

"남편들이 손들었대. 문제는 일제히 행동하면 된다는 것이지. 지금 우리나라에서 알바가 모두 손 놓아 버리면 세상이 제대로 돌아가지 않을 걸요."

"지금 전개되고 있는 노조가 전국 조직으로 확대되면 영향력을 발휘하지 않을까?"

"문제는 거기에 있는 것이 아니라니까. 법이야. 법. 알바를 위한 법이 제정되지 않는 한 알바의 인권과 생활급 보장은 어려워."

"김백수 말이 맞아요."

날라리가 찬성했다.

"우리 목표를 알바 인권법 제정에 두어야 할 것 같네."

강민혜도 거들었다.

"법은 국회서 만들잖아. 국회로 쳐들어갈까?"
"덮어놓고 쳐들어가면 물 대포 세례나 받을 걸."

모두 여러 가지 의견을 내 놓았다.
두 시간을 토론한 끝에 몇 가지 가닥이 정리 되었다.

첫째 '알복' 사이트를 통해 '알바 노동자 법' 을 만들 지식이 있는 찬성자를 공모한다.
둘재, 입법을 위한 추진비 헌금을 받는다.
셋째, 우선 사무실을 열고 추진본부로 삼는다.
이렇게 의견을 모았다.
그러나 당장 급한 것은 돈이었다.
사무실 하나를 열어도 돈이다.
커피숍에 둘러앉은 일행 다섯 명은 벌써 두 시간이나 되었다.
가게 종업원의 눈총을 받고 있었다.
그 종업원도 알바일 것이다.

"우선 이렇게 하지요."

김백수가 일행을 돌아보며 말했다.

"내가 금일봉을 낼 테니 우선 작은 사무실 하나를 얻읍시다."

모두 놀라 김백수를 쳐다 보았다.
돈이 없어 알바하고 있는 학생이 무슨 돈을 내겠다는 것인가.
하기는 김백수의 아버지는 부산에서 준 재벌 급 회사를 운영한다고 한다.
크루즈 선박도 두 척이나 가지고 있다고 한다.
그러나 김백수는 아버지의 지원을 거절하고 혼자 힘으로 학업을 마치기 위해
알바까지 하고 있다.

"내가 그동안 집에서 아버지가 보내주는 돈은 한 푼도 쓰지 않고 모아두었어
요. 오늘 전액을 '알복' 에 내 놓을게요."
"와!"

모두 놀랐다.
"얼마예요?"
독고구가 물었다.
"얼마 안 돼요. 8천만 원,"
"와!"
"정말 그래도 돼요?"

한영빈이 걱정스럽게 말한다.

"우선 이걸로 출발하고 차차 기부도 좀 받읍시다."

마군도 기뻐한다.

"자, 오늘은 밤이 너무 늦었고, 이집 알바 언니도 돕는 뜻으로 일단 해산 합시다."

이렇게 해서 일단 헤어지기로 했다.
김백수가 고물차에 시동을 걸고 있을 때 한영빈이 쫓아와서 옆자리에 앉았다.

"좀. 태워줘.. 강민혜는 마군 데리고 사라졌어."
"마군과?"
"응. 민혜는 남자들 다 한 번씩 해보겠대."
"뭘 해?"
"잔다는 뜻이지. 두 사람은 자기 말대로 정복 했대. 며칠 전 두 번째 남자 날라리를 해 치웠대. 첫 번째 남자는 백수 오빠지?"

42. 축제장 알바 복수

김백수는 한영빈의 질문에 답하지 않았다.

강민혜와 잔 것을 숨기고 싶은 것이 아니라 자기가 정말 두 번째인가 하는 것이 자신 없기 때문이다.

"영빈이는 결혼 같은 것 생각 안 해봤어?"

"결혼? 어째 엄마 세대 이야기 하는 것 같다. 요즘 결혼 가지고 고민하는 아이들 있냐?"

"결혼하고 아이 낳고 행복하게 사는 것. 인류의 영원한 꿈 아니냐?"

"오빠, 오늘 이상하다. 뭐 잘 못 먹었어?"

김백수는 한숨을 한 번 쉬고 나서 말을 이었다.

"오늘 아버지한테 돈 좀 달라고 했더니 하는 이야기가 전화로 불쑥하지 말고 내려와서 무엇 대문에 왜 필요한지 설명하란다."

"당근이잖아."

"그래서, 그게 싫어서 엄마한테 1억만 달라고 했지. 결혼 하면 어차피 그 이상들 것 아니냐고 했더니..."

"그래서?"

"결혼해서 집안 살림 상속받고 살게 되면 네 맘대로 하라고 하더라고."

"손자 빨리 보고 싶다는 이야기는 안 해?"

"ㅋㅋㅋ."

김백수는 쓸쓸하게 웃었다.

그런 엄마 아빠가 싫었다. 그래서 돈도 받지 않으려는 것이다.

"스킨십, 생각 없어?"

한영빈이 김백수의 뺨에 입을 맞추었다.

그리고 김백수의 물건을 한 번 툭 건드렸다.

"오늘은 여기서 끝내자."

아쉬워하는 한영빈을 집에 데려다 주고 혼자 돌아온 김백수는 알바 노동법 문제를 다시 곰곰이 생각해 보았다.

'사람들의 관심을 끌기 위해서는 이벤트를 만들어야 한다.'

여기에 생각이 미친 김백수는 한영빈한테 전화를 걸었다.

"이 밤중에 웬 전화?"

"갑자기 한번 하고 싶어서."

"뭘? 그게 섰냐?"

"전화가 하고 싶어서."

"싱겁긴, 그래 뭐야?"

"우리 대학 축제에서 이벤트를 하면 어떨까?"

"어떤 이벤트?"

"알복을 합시다 라는 주제로."

"알복을 합시다? 그거 제목은 괜찮은데…"

"축제 마당에 세상의 알바들이여, 얼울한 사정 참지 맙시다. 복수합시다. 뭐 이런 거지."

"사람을 모으려면 더 구체적인 무엇이 있어야 하겠는데."

"낼 까지 생각했다가 모여서 얘기하자."

'알복을 합시다' 토론이 다시 시작되었다.

"축제에 모인 아이들의 관심을 끌려면 오락적 요소가 있어야 돼."

날라리가 먼저 입을 열었다.

"오락적? 민혜가 스트립쇼를 하는 거야. 네 몸매 좋잖아."

마군이 한마디 했다.

"영빈이도 한 몸매하지."

김백수가 웃으며 말했다.

"허수아비를 만들어서 '못 된 알바 사장'이라고 명찰을 붙여 놓고 야구공으로 이마 때리기를 하면 어떨까?"

"ㅋㅋㅋ. 그거 좋지. 점수제로 해서 얼굴 맞히면 1점 거시기 맞히면 5점. 그래서 상품도 주고."
"여자 사장은 어딜 때려야 해?"

강민혜가 웃었다.

"젖가슴 1점 가랑이 사이 공을 끼워 넣으면 5점."
"그건 여성 학대, 성희롱으로 혼난다."
"야구공 보다는 물 풍선이 좋아. 허수아비를 여러 종류 만드는 거야. 돈 떼먹은 알바 사장, 성희롱한 알바 교수, 애무 강요한 여사장, 몰래 훔쳐본 변태 사장, 물건 값 덮어씌운 악덕 점주, 저녁 굶긴 스쿠리지... 뭐 이런 걸로 구분해서 죽 만들어 놓고 자기에게 해당 되는 사장한테 물 풍선을 던지는 거야. 스트레스 해소도 되고... 확~"

마군의 아이디어다.
"무엇보다 알바 생들에게 실질적인 도움이 되어야 더 관심을 끌 수 있어."
"어떻게 있을까?"
"우리 형이 법무사 사무실을 하는데 하루 봉사하라고 하고, 못 받은 돈 받게 하는 상담을 하면 어때?"

날라리가 좋은 제안을 했다.
"그거 좋다. 너네 형 동원하는 것 책임져."

김백수가 다짐했다.

"하긴 우리 형이 구두쇠라서..."

날라리가 갑자기 꽁무니를 빼려고 한다.

"오빠네 형 결혼 했냐?"

강민혜가 물었다.

"아니, 마흔 넘은 노총각이야."
"그럼 나한테 맡겨. 미인계를 써서 그냥..."

강민혜의 말에 한영빈은 입을 삐죽거렸다.

"일단 서울에서 열리는 학생들 많은 대학 축제 스케줄을 알아봐."

김백수의 말에 한영빈이 대답한다.

"그건 내가 알아볼게."
"그리고, 알복에 광고를 내고..."
"뭐라고 내지?"
"억울한 알바 생은 모여라. 복수할 기회가 왔다. 뭐 그런 정도로 하면 안 될까?"

역시 마군은 아이디어맨이다.

"그럼 축제 마당 가운데 임시 사무실과 오락장을 만들어야 하는데, 돈이 좀 들겠는데."

"8천 만원 있잖아."
모두 김백수의 얼굴을 쳐다본다.

"알았어. 경비는 일단 걱정 말고, 우리 이벤트 이름은 무얼로 할까?"
"억울하냐? 홈즈에게 말해라! 이거 어때?"

마군이 종이에 써서 보인다.

"알바, 억울하냐? 홈즈에게 말하라! 이게 어떨까?"
"그게 좋겠다. 그럼 손님 끄는 스트립쇼는 민혜가 하는 거지? 알바법 제정 서명운동도 잊지 말아야지."

다섯 용사는 갑자기 사기충천 한다.

43. 걸그룹 'GG배'

이튿날.

김백수 일당은 대학생들이 가장 많이 모이는 신촌 영향권에 있는 홍대역 앞에 조그만 사무실을 연다.

여섯 평 밖에 안 되는 실내지만 책상 다섯 개와 조그만 소파 한 쌍을 놓을 수 있다.

'알복'에는 알바 노동법 제정에 찬성하는 노동법 전공의 자원 봉사자 모집을 했다.

이틀 만에 엄청난 지원자가 생긴다.

날라리는 그 중에 괜찮은 봉사자 열 명 정도를 뽑는다.

동시에 알바 축제 이벤트도 우선 다음 달에 열리는 한국대학 축제에 먼저 이벤트 장을 만들기로 한다.

"한국 대학이 야간 대학도 있으니까 알바 학생이 많을 거야."

"근데 학생이 과연 우리 이벤트 장에 몰릴까? 뭐 기념품 같은 거라도 있어야하는 것 아닌가?"

"우선 물 풍선 던지기 같은 데는 상품을 걸어야 하거든."

"상품?"

김백수가 잠시 생각하다가 말한다.

"좋다. 또 엄마한테 숙이고 들어가야지."
"엄마한테?"
"우리 아버지 회사 계열사 중에 모자와 청바지 만드는 회사가 있거든. 거기서 싸게 찬조 좀 하라고 해야지."
"근데 돈 줘야하니?"
"아버지가 나보고 회사 수업 받으러 오라고 매일 조르지만 내가 거부하고 독립하려고 나왔는데... 아쉬운 소리 할 때 마다 조건을 붙여."
"야, 그럴 때가 좋은 거야. 나중에 네가 사장 되면 나 알바로 좀 써 주라."

마군이 웃기는 소리를 해서 모두 웃었다.

"사람 모으려면 아이돌이 최곤데..."
"야, 대학 축제 소녀 아이돌 모셔 오는데 억대 든다고 하더라."
"미쳤군."

그때 아무 말도 않고 핸드폰으로 열심히 문자를 보내고 있던 강민혜가 갑자기 소리를 친다.

"아싸. 됐다!"

모두 눈이 둥그레져서 강민혜를 본다.

"우리 이모가 걸 그룹 'GG배' 매니저인데 한 시간만 자원 봉사 하라고 했더니 콜 했어."
"와아!"

모두 환성을 지른다.

"GG배 최고 아냐."
"최고는 아니지만 두 시간이면 구름처럼 몰릴 거다."
"돈으로 치면 억대 아닌가."
"야, 강민혜, 남자들만 잘 꼬시는 줄 알았더니 걸 그룹도 잘 꼬시네."

마군이 킥킥 웃는다.

"자 그럼 다시 정리한다."

김백수가 알바 축제 진행을 정리한다.

"축제 메인 간판은 '억울하냐? 홈즈한테 와라!' 로 한다."
"홈즈는 누가 하니?"

날라리가 물었다.

"회계사 일차 합격한 지망생 세 명, 법대 자원봉사 세 명 있어. 그리고 단장은 마군이 한다."
"그럼 내가 셜록 홈즈고 여섯 명은 왓슨인가?"

"맞아, ㅋㅋㅋ."

한영빈이 맞장구를 친다.

"다음, 중요 이벤트인 악질 사용주 복수하기는 한영빈이 맡고..."

이렇게 준비는 착착 진행 된다
마침내 축제가 열리던 날.
마군이 대학 축제 본부와 미리 상의를 해서 잔디 구장 가운데 무대를 설치한
다.
캠버스 안에서 가장 좋은 장소다.
GG배가 온다니까 모두 들떴다.
여기저기 본부 자체가 선전 포스터를 잔뜩 붙였다.
왜 대학 축제에 퇴폐 지지배를 불러들여 신성한 캠퍼스를 섹스로 오염시키느
냐는 '숙녀회' 항의 대자보도 붙었다.
잔디밭 가운데에는 임시 텐트와 가설무대가 설치된다.
엄청 큰 글씨로 '억울하냐? 홈즈에게 말하라!' 는 깃발이 나부꼈다.
텐트 앞에는 알바여 단결하자!
알바여 복수하자!
알바여 법을 만들자.
등의 구호가 적힌 벽보가 가득했다.

'알바 복수장' 에는 악질 사용주 허수아비 12개가 서있고 10미터 앞에는 물 풍
선 수 천 개가 쌓였다.
상품으로 줄 청바지와 모자도 수두룩하다.

물풍선은 한 개에 100원씩이다.

악질 사용주

악질 편의점주.

악질 교수님.

악질 공장장님.

악질 공무원님.

악질 식당주인님.

악질 우리부장님.

악질 택배 아줌마님.

악질 우리아버지.

악질 ....

그러나 우리 아버지는 축제 주최 측의 항의로 빠진다.

텐트 안에는 노동법 서명을 위한 서명대가 길게 놓였다.

홈즈의 테이블 앞에는 순번표를 찍는 기계까지 빌려다 놓았다.

축제가 시작되기 전 부터 학생들이 구름처럼 몰려들었다.

공연장 위에 마군이 올라가서 행사 소개를 하고 있다.

김백수는 인사말 할 때 오바마도 알바였다는 말을 꼭 빼지 말자고 손바닥에 써 놓기까지 한다.

"스트립 쇼 안 해도 사람이 구름이야."

강민혜가 이벤트 순서 중에 자기가 나가서 스트립 쇼를 하고 싶어 했는데 그만 둔 것을 아쉬워했다.

손님 끌 목적으로 검토한 스트립 쇼는 강민혜 제가 아무리 섹시해도 GG배만

하겠냐는 주장 때문에 물러선다.

 마침내 축제가 시작되었다.

 본부 측에서 개막을 알리는 북을 텅텅 쳤지만 알바 무대 앞에 대부분의 학생이
몰리는 바람에 본부 마당은 썰렁해졌다.

44. 마지막 자취방

'알복' 이벤트 장. 가운데 높게 올라간 플랭카드가 바람에 나부낀다.

-알바, 억울하냐? 홈즈한테 말해!
- '알복' 하자.
-알바 노동자 법 만들자.

알바 노동자 법을 만들자는 서명 안내 테이블에는 여학생들이 줄을 지어 들어
선다.
복수를 꿈꾸며 홈즈를 찾아오는 사람은 남학생이나 복학생이 많았다.
못된 알바 사용자 혼내기 게임에는 알바 아닌 학생들이 더 많다.

"박 사장, 너 오늘 혼나 봐라."

나이 들어 보이는 알바 학생이 물 풍선을 던진다.
온 힘을 다해 인상을 잔뜩 쓴다.
물 풍선은 편의점 사장의 사타구니에 명중하며 퍽하고 둔한 소리를 낸다.

"와~ 5점."

주변에서 환호성이 터진다.
물 풍선을 맞는 악질 알바 사용주는 의외로 '우리 부장' 이 제일 많다.
다음이 편의점 사장, 택배 점장, 교수, 공무원 보조 순서다.
남학생 중에는 '우리 아버지' 를 벌주는 경우도 있다.

"우리 엄마는 없어요?"

여학생들이 묻기도 한다.
알바 법 제정 서명 테이블에는 자원 봉사 하겠다고 등록하는 법대생들이 많다.
엄청난 학생들이 몰려 북적거리던 알바 코너에서 갑자기 캔버스가 떠나갈 듯한 환호성이 터진다.

-지지배!
-지지배!

연호가 시작된다.
걸 그룹 GG배의 멤버 아홉 명이 등장한 것이다.
거의 한계에 까지 이른 빨간 핫 팬티에 매미 날개처럼 얇은 흰 윗옷이 엄청 섹시하게 보인다.
모두가 조그만 삼가형의 노란 깃발을 들고 있는데, 거기에는 '알바' 라는 글씨가 쓰여 있다.
죽제장은 완전히 수라장이 된다.

"자, 앞에 있는 학생들은 앉아 주세요. 저 뒤에 계신 학생, 나무 위에 올라가지 마세요. 위험해요."

날라리가 마이크를 잡고 장내 정리를 하느라고 정신없다.

GG배 아홉 명이 가설무대 위로 올라갔다.
사방에서 지구가 떠나갈 듯한 아우성이 쏟아진다.
어느새 왔는지 음향 팀과 반주악단이 무대 옆에 자리를 잡고 있다.
엄청난 음향 장비였다.
그룹이 한번 움직이면 경비가 1천만 원 이상 든다고 하는 말을 실감할 수 있다.
GG배들은 무대에 올라가자 삼각 '알바' 깃발을 흔들며 소리를 지른다.

"알바~"
"알바~"

사방에서 함성과 휘파람이 쏟아진다.
곧 화려한 율동과 노래가 시작 된다.
모두가 잘 아는 유명한 곡 '소원을 말해 봐' 이다.
한 곡이 끝나자 곧 '강남스타일' 이 불려진다.
무대 밑에서 난리가 났다.
모두 일어서서 춤을 추느라고 법석이다.
그야말로 열광의 도가니였다.
한 시간 동안 공연이 진행되는 동안 캠퍼스 축제는 절정을 맞는다.

학생회의 운영 요원들까지 모두 일손을 놓고 GG배 무대 앞에 모였다.
캠퍼스기 떠나갈 듯한 공연이 끝난다.
김백수가 무대로 올라가 마이크를 잡는다.

"너도 노래 불러!"
"한곡 불러!"

아직도 흥분이 가라앉지 않은 학생들이 소리쳤다.

"여러분, 지지배들을 위해 다시 한 번 감사의 박수를 보냅시다."

무대 옆에서 떠날 준비를 하는 GG배에게 박수를 유도한다.
노래 부르라는 압력을 묘하게 피한 김백수가 열변을 토했다.

"여러분! 알바 해본 사람 손들어 봐요."

사방에서 와- 소리를 지르며 손을 들었다.
"억울한 일 당한 사람 손들어 봐요."

이번에도 많은 학생이 손을 든다.

"알겠습니다. 이런 일을 안 당하려면 어떻게 해야 합니까? 여러분."
사방에서 제각각 떠들어 와글거린다.

"모든 알바 생을 큰 품으로 안아줄 후견자가 필요 하다고 생각하면 손 들어봐요."

이번에도 모두 손을 들고 환호성을 지른다.

"그 큰 품. 우리 5백만 알바 노동자를 감싸줄 후견인, 가장 가슴이 넓고 힘세고 엄마같이 다정한 사람, 누굽니까?"

다시 와글거렸다.

"이런 후견인은 바로 알바 노동법입니다."
"와~"
"맞습니다."
"알바 노동법 만세."

여기저기서 환호성과 고함소리가 터져 나온다.

"찬성하면 박수로."

모두가 캔버스가 떠나갈 듯이 박수를 친다.

"알바 노동자를 위한 법률 제정 추진 위원회를 만드는데 찬성하는 사람..."
"저요, 저요."

다시 함성이 터져 나온다.

"여러분 가시기 전에 서명 테이블에 들러 반드시 찬성 서명을 해주시기 부탁

합니다.

김백수의 연설은 의외로 학생들에게 감명을 주었다.

축제가 끝나고 홍대역 앞 사무실에 모인 일행은 간단한 오늘의 성과를 평가한다.

모두 고무 되어 얼굴이 활짝 펴진다.

"오늘 일등 공신은 강민혜다."

마군이 치켜세운다.

"맞아. 강민혜가 GG배를 불러와서 대성공을 거둔 거야. 그만하면 우리의 목적은 달성하고도 남은 거야."

일행은 앞날 이야기를 잠깐 하고 밥을 먹은 뒤 헤어진다.

김백수는 고물 차에 한영빈을 태우고 자취방으로 간다.

"자취방에 가서 봉지 커피 한잔 하지?"

김백수가 한영빈의 허리를 슬쩍 안아보며 말했다.

"자취방 규칙 제1조 지킬 거지?"

"오늘이 마지막 될지 모르니 한번 위반하면 안 될까?"

"뭐야? 마지막 밤이라니?"

한영빈이 화들짝 놀란다.

45. 영원한 백수

2020년 봄.

홍대역 앞에 전국 알바 노동법 제정 추진 위원회가 생긴지 3년이 되었다.

홍대역 앞의 사무실은 서여의도 국회 앞의 대형 건물 한 층을 차지하는 거대 기구로 발전했다.

새로 출범한 대통령의 적극 지원으로 국회에서 알바 국민을 위한 알바 노동자법이 통과되고 전국적으로 2018년 부터 시행 되었다.

'알복' 사이트를 창설해서 운영해온 김백수는 여의도 사무국을 떠났지만 막후에서 풀 스폰서로서 노동자 법 제정의 산모 역할을 했다.

여의도 사무실도 김백수가 제공한 것이었다.

2017년 봄 한국대에서 '알복' 대회를 성공적으로 개최하자, 전국의 5백만 알바 생이 김백수의 '알복' 사이트를 중심으로 구름처럼 몰려들어 엄청난 NGO 단체로 발전했다.

그날 밤.

한국대 행사를 마치고 자취방으로 가던 김백수는 한영빈에게 최근에 있었던 개인적인 사정을 이야기한다.

"오늘밤이 자취방 마지막 밤이라니 무슨 뜻이야?"
"내일부터 나는 서울을 떠나야해. 그러니까 오늘 밤 한번만 우리 자취방 규칙 제1조를 접어두자."

이 무슨 청천벽력 같은 이야기인가.
한영빈은 거의 멘붕 상태가 되었다.
그들의 자취방 규약은 남녀가 한방에 있을 때의 행동에 관한 규칙이다.

헤비 스킨십은 허용하되 중요한 부분의 삽입은 안 된다는 규약이었다.

"무슨 일인지 얘기 해봐요,"

놀라고 황당해진 한영빈이 졸랐다.

"제1조 깬다고 얘기해. 그럼 나도 털어 놓을 게."

김백수의 이야기는 심각했다.

"좋아. 눈 감고 한번 봐 줄게."
"사실은 부산의 아버지 회사 일 때문이야."
"아버지가?"
"응, 아버지가 쓰러져서 입원했어. 의식이 없는 상태야. 그래서 그룹을 내가 맡아야 한 대. 학교는 휴학을 하고 우리 그룹의 운영 책임자로 내가 부산 집에 가야해."

그날 밤 김백수는 사귄지 1년 반 만에 처음으로 한영빈과 한 몸이 되었다.

좁은 자취방은 뜨거운 욕정으로 후끈 달았다.

그러나 남녀 정사가 처음인 한영빈은 그 상대가 김백수라는 것이 무엇보다 행복했다.

그 뒤 '알복'은 날라리와 마군, 그리고 강민혜가 맡아 운영했다.

전국에서 모인 유능한 자원 봉사자 30여명이 함께 일했다.

헌금이 많이 들어와 일을 추진하는 것도 활기를 띠었다.

알바 노동자 법에 따라 시급도 넉넉하게 오르고 전국의 알바 노동자들의 삶도 훨씬 좋아졌다.

여의도 '알복' 사무실에서는 개소식을 겸해 부산서 오는 알바의 대부 김백수를 맞이하는 준비로 분주했다.

대그룹의 젊은 회장이 된 김백수는 3년 동안 많이 달라졌다.

시급 5천원에 목을 매고 편의점 문밖에서 혹한을 견디며 사장의 불륜 정사가 빨리 끝나기 를 기다리며 손을 호호 불던 김백수.

좁은 자취방에서 사랑하는 여자와 스킨십으로 만족하며 아쉬움을 달래던 연민의 세월.

그 여자 한영빈이 오늘 김백수의 아내, 회장 사모님이 되어 서울로 왔다.

'알복' 사무실도 김백수 회사 서울 본사 건물의 한 층을 기증 받아 쓰고 있었다.

김백수는 아버지 중심으로 운영되었기 때문에 아버지의 갑작스러운 퇴진은 그룹 전체를 위기로 몰았다.

운송업을 위주로, 대형 크루즈선 두 척을 운영하고 있을 뿐 아니라, 10여 개의 크고 작은 계열사를 거느리고 있었다.

김백수는 서울 알바 시절에 경험한 사회생활이 회사를 운영하는데 큰 도움을 주었다.

같이 일할 측근이 없는 김백수는 한영빈이 졸업을 하자마자 불러내려 결혼을 했다.

강민혜와 한영빈을 놓고 한 때 방황하기도 했으나 처음부터 한영빈에게 꽂혔다는 것이 맞는 말이었다.

그리고 곁에서 회사 운영의 동지로 무엇이든 함께 했다.

부부가 되었으니 서울 알바 시절의 한 맺힌 '자취방 규약 제1조'의 한을 싫건 풀면서 행복한 나날을 보냈다.

김백수 부부가 여의도 개소식이 열리는 사무실에 들어서자 홀을 꽉 메운 '알복' 동지들의 박수와 환호성이 쏟아졌다.

"김백수!"
"김백수"

목이 터져라 이름을 연호했다.

맨 앞에는 강민혜와 마군, 그리고 날라리가 꽃다발을 들고 서있었다.

강민혜와 마군이 약혼 했다는 이야기는 김백수도 듣고 있었다.

알복 복지회라는 이름의 이 NGO 노동자 후원 단체의 대표는 강민혜였다.

마군과 날라리가 부 대표를 맡고 있었다.

"자 여러분 우리의 영원한 스폰서, 알바 노동자의 봉이 된 김백수의 한 말씀을 듣겠습니다."

다시 박수가 쏟아졌다.

김백수가 단상에 올라갔다.

"알바 동지 여러분, 나는 영원히 백수입니다."
"와아."

웃음과 박수가 쏟아졌다.

"여러분, 알바가 고달프면 이제 복수하지 말고 저희 회사로 오세요. 저희 회사는 이제 알바만 모인 회사를 만들겠습니다. 알바의 시급은 정규직과 같이 하겠습니다."

"와~ 김백수"
"알바 백수!"

다시 여의도가 떠나갈 듯이 백수 이름을 연호하기 시작했다.

(끝)

여기부터 아님

300 알바의 복수